文心雕龙
古典文学的奥秘

王梦鸥 —— 编撰

九州出版社
JIUZHOUPRESS

图书在版编目（CIP）数据

文心雕龙：古典文学的奥秘 / 王梦鸥编著. -- 北
京：九州出版社，2018.12
　　ISBN 978-7-5108-7799-5

　　Ⅰ. ①文… Ⅱ. ①王… Ⅲ. ①文学理论－中国－南朝
时代②《文心雕龙》－古典文学研究 Ⅳ. ①I206.2

中国版本图书馆CIP数据核字（2019）第004195号

文心雕龙：古典文学的奥秘

作　者	王梦鸥
责任编辑	李黎明
出版发行	九州出版社
地　址	北京市西城区阜外大街甲 35 号（100037）
发行电话	(010)68992190/3/5/6
网　址	www.jiuzhoupress.com
电子信箱	jiuzhou@jiuzhoupress.com
印　刷	三河市兴博印务有限公司
开　本	787 毫米 ×1092 毫米　32 开
印　张	8
字　数	160 千字
版　次	2021 年 6 月第 1 版
印　次	2021 年 6 月第 1 次印刷
书　号	ISBN 978-7-5108-7799-5
定　价	45.00 元

用经典滋养灵魂

龚鹏程

　　每个民族都有它自己的经典。经，指其所载之内容足以做为后世的纲维；典，谓其可为典范。因此它常被视为一切知识、价值观、世界观的依据或来源。早期只典守在神巫和大僚手上，后来则成为该民族累世传习、讽诵不辍的基本典籍。或称核心典籍，甚至是"圣书"。

　　佛经、圣经、古兰经等都是如此，中国也不例外。文化总体上的经典是六经：《诗》《书》《礼》《乐》《易》《春秋》。依此而发展出来的各个学门或学派，另有其专业上的经典，如墨家有其《墨经》。老子后学也将其书视为经，战国时便开始有人替它作传、作解。兵家则有其《武经七书》。算家亦有《周髀算经》等所谓《算经十书》。流衍所及，竟至喝酒有《酒经》，饮茶有《茶经》，下棋有《弈经》，相鹤相马相牛亦皆有经。此类支流稗末，固然不能与六经相比肩，但它各自代表了在它那一个领域中的核心知识地位，却是很显然的。

3

我国历代教育和社会文化，就是以六经为基础来发展的。直到清末废科举、立学堂以后才产生剧变。但当时新设的学堂虽仿洋制，却仍保留了读经课程，以示根本未隳。辛亥革命后，蔡元培担任教育总长才开始废除读经。接着，他主持北京大学时出现的"新文化运动"更进一步发起对传统文化的攻击。趋势竟由废弃文言，提倡白话文学，一直走到深入的反传统中去。论调越来越激烈，行动越来越鲁莽。

台湾的教育、政治发展和社会文化意识，其实也一直以延续五四精神自居，以自由、民主、科学为号召。故其反传统气氛，及其体现于教育结构中者，与当时大陆不过程度略异而已，仅是社会中还遗存着若干传统社会的礼俗及观念罢了。后来，台湾朝野才惕然憬醒，开始提倡"文化复兴运动"，在学校课程中增加了经典的内容。但不叫读经，乃是摘选《四书》为《中国文化基本教材》，以为补充。另成立文化复兴委员会，开始做经典的白话注释，向社会推广。

文化复兴运动之功过，诚乎难言，此处也不必细说，总之是虽调整了西化的方向及反传统的势能，但对社会普遍民众的文化意识，还没能起到警醒的作用；了解传统、阅读经典，也还没成为风气或行动。

二十世纪七十年代后期，高信疆、柯元馨夫妇接掌了当时台湾第一大报中国时报的副刊与出版社编务，针对这个现象，遂策划了《中国历代经典宝库》这一大套书。精选影响国人最为深远的典籍，包括了六经及诸子、文艺各领域的经典，遍邀名家为之疏解，并附录原文以供参照，一时朝野震动，风气不变。

其所以震动社会，原因一是典籍选得精切。不蔓不枝，能体现传统文化的基本匡廓。二是体例确实。经典篇幅广狭不一、深浅悬隔，如《资治通鉴》那么庞大，《尚书》那么深奥，它们跟小说戏曲是截然不同的。如何在一套书里，用类似的体例来处理，很可以看出编辑人的功力。三是作者群涵盖了几乎全台湾的学术菁英，群策群力，全面动员。这也是过去所没有的。四，编审严格。大部丛书，作者庞杂，集稿统稿就十分重要，否则便会出现良莠不齐之现象。这套书虽广征名家撰作，但在审定正讹、统一文字风格方面，确乎花了极大气力。再加上撰稿人都把这套书当成是写给自己子弟看的传家宝，写得特别矜慎，成绩当然非其他的书所能比。五，当时高信疆夫妇利用报社传播之便，将出版与报纸媒体做了最好、最彻底的结合，使得这套书成了家喻户晓、众所翘盼的文化甘霖，人人都想一沾法雨。六，当时出版采用豪华的小牛皮烫金装帧，精美大方，辅以雕花木柜。虽所费不赀，却是经济刚刚腾飞时一个中产家庭最好的文化陈设，书香家庭的想象，由此开始落实。许多家庭乃因买进这套书，而仿佛种下了诗礼传家的根。

高先生综理编务，辅佐实际的是周安托兄。两君都是诗人，且侠情肝胆照人。中华文化复起、国魂再振、民气方舒，则是他们的理想，因此编这套书，似乎就是一场织梦之旅，号称传承经典，实则意拟宏开未来。

我很幸运，也曾参与到这一场歌唱青春的行列中，去贡献微末。先是与林明峪共同参与黄庆萱老师改写《西游记》的工作，继而再协助安托统稿，推敲是非、斟酌文辞。对整套书说不上有什么助益，自己倒是收获良多。

　　书成之后，好评如潮，数十年来一再改版翻印，直到现在。经典常读常新，当时对经典的现代解读目前也仍未过时，依旧在散光发热，滋养民族新一代的灵魂。只不过光阴毕竟可畏，安托与信疆俱已逝去，来不及看到他们播下的种子继续发芽生长了。

　　当年参与这套书的人很多，我仅是其中一员小将。聊述战场，回思天宝，所见不过如此，其实说不清楚它的实况。但这个小侧写，或许有助于今日阅读这套书的大陆青年理解该书的价值与出版经纬，是为序。

文章的中国方法

王梦鸥

这一部中国文学名著，从许多有关的记载看来，自它传世以后，就一直受到文人的注意。它经历了将近一千五百年的岁月，愈到后来，受到的注意愈益加深，而读者群亦愈益扩大。直至今日，不仅国内懂得中国文学的人无不知有此书，甚至国外研究东方文学的人士，提起《文心雕龙》书名，亦无不知晓。它有多种文字的译本足供国外的人士观摩；在国内，研究此书的学者，更是踵武相继，展出各自的手眼与心得，使得此书真正似"譬之清风明月，四时常有，而光景常新"。如果可以依我们现代人的理解，文学的趣味不是一成不变的，一千五百年来中国文学演变史亦非三言两语便够描述。即使前世的作家都有崇拜古人的谦虚态度，然而他们仍还想要自我作古，独揽一代风骚，于是形成前浪后浪，生生不息的机运。这在创作的历程上，情形如此，而关于作品的批评，自然亦不例外。因此前人后人论文的观点就不能全然一致。但是《文心雕龙》一直荡漾于起伏不定的文艺思潮之间，读者对它虽有许多说好说歹的意见，但它终没有受到淘汰以至于湮没，是否为着它已经把握到了中国文学之不可磨灭的"真理"？这一点，我们虽不敢断定；唯是可以注意的是它的作者，正好生存于中国文学转变的高潮上，他既能掌握住周汉时代文艺的精神，而又熟悉魏晋以来文章的动向。这一前一后，在使用中国字构造的"文辞"上适成后世所称的"骈""散"两大系的文体，使继起的文人挥动着传统的写作工具，纵使要"望今制奇"，但亦不能不"参古定法"。其法：不外出入于骈、散两系之间，而这两系的文辞却是《文心雕龙》作者刻意讨论的对象。因此他的论点可使千余年来的文士左右逢源，无入而不自得。

其次，特别是在今日，这是一部中国人用中国的观念及其思考方法写成的文学论著。他虽无法看到他身后许多文学演变的事实，但在他以前的，他却比后人有着较多的机会读到上古迄于中古的文章。他虽明说这是根据虞夏商周以下"十代"的文章提炼出他研究的成果——当然，其中有许多被今人认为是不确实的资料；不过从周汉迄于宋齐，少说亦近千年凡是为世传诵的名篇伟制，他都曾经细心披览而写出个人的意见，并为之加意结撰，分为前后两部分：前一部分有文章本论五篇，文体分论二十篇；后一部分，论"文"之与"心"以及"雕龙"之术二十篇；余篇五篇。除余论外，其篇名始于"原道"而终于"总术"，可说是有本有末，有道有术；文心原于"道"而雕龙是其"术"。又使用大衍之数五十，其用四十九为例，所以四十九篇用以论"文"，而归余一篇"序志"为自叙；这样的篇目设计，又不能不说是纯出于中国的观念。至于其中区分有韵的"文"与无韵的"笔"，而每说一种文或笔，必叙其起源与演变，解释每种体裁的名义，示范以著名的篇章，然后提出其独特的看法。他认为"古来文章，以雕缛成体"，所以不讳言雕龙之必有术，于是进而发掘修辞的原理，自称是要"剖情析采，笼圈条贯"，从写作的心理出发，通过构思，造语用字，细及每个字音与字形之配合。这在讨论的方法上，更是中国的方法。因为唯有"文章"这种东西，它虽然植根于人类的心灵，但心灵既选定使用语言文字来表达，就要全部依从语言文字的历史条件做有效的操作。语言文字的历史，因人们所属的语族不同，纵使心灵如一，而语言文字的操作却无法苟同。尤其是为求达成语言文字高度的效果，小至一个字音不适当的安排亦会扭曲了通常的语法。各种语言文字都有许多曲解式的语法，受到历史的承认而积非成是，作为不同国度的人们之不同的沟通情意的工具。因此《文心雕龙》使用中国的方法讨论中国的文章，应该是十分适当的。尽管由我们现代人看来，它多少带些"土气"，但不能否认：它的真正价值亦当在此。

《文心雕龙》的著者曾谦逊地说："识在瓶管，何能矩矱！"现在该轮到我们介绍此书的人来说了。我们虽尽量求能体会到原作者的用心，但是他的意思已浓缩在这三万七千余字的一部书里。按其写作既以"体要"二字为目标，所以许多过分浓缩的意思，我们还怕没有充分把它引申出来。再者，他使用过的许多资料，有的没有流传于今，便亦无法为之详解。其余，凡是由他提到而现在仍可取阅的，为着篇幅关系，亦不便于——抄录附于讲解之中。好在目前批注此书的读物，不难取得，我们在讲解中仅以括号注明那些资料的出处与卷数，以备亲爱的读者参考之用。同时我们提供参考的资料，都属于最容易看到的书本，如经、传、《史记》《汉书》《后汉书》《三国志》《昭明文选》，以及《全上古两汉三国六朝文》，等等。其余冷僻的著述，则在讲解同时写出原文或大意。我们以为现代生活多忙少暇，既让我们为此书付出时间，就不该再烦亲爱的读者费神去找此书所使用的许多典故了。这算是区区微诣，敢以附志于此。

目　录

【导读】文章的中国方法 7

前　言 15

　　一、介绍一部空前绝后的"中国文学论" 15

　　二、作者：从刘舍人到沙门慧地 17

第一章　《文心雕龙》上编的结构 26

　　一、主旨的建立与文笔的分论 26

　　二、"本乎道"至"变乎骚" 35

　　　　（一）"道之文"的探讨 35

　　　　（二）圣与经 43

　　　　（三）正纬与辨骚 48

　　三、作品的分类讨论 54

　　　　（一）讨论的范围与方法 54

　　　　（二）诗与乐府 60

（三）诗之变种——赋 68

（四）颂与赞 73

（五）神人的告语 80

（六）哀伤之文 88

（七）趣味性的韵文 95

（八）关于无韵之"笔" 104

（九）历史的记述 105

（十）诸子百家 111

（十一）论·说 114

（十二）公文书及其他应用文 121

第二章 《文心雕龙》下编的结构 130

一、篇次问题 130

二、摘神性 136

（一）《神思》 136

（二）《养气》 141

（三）《体性》 146

三、图风势 150

（一）《风骨》与《情采》 150

（二）《定势》 155

四、包会通 158

（一）《通变》 158

（二）《镕裁》与《附会》 161

五、阅声字 166

 （一）《声律》 166

 （二）《练字》 170

六、雕龙之术 175

 （一）《章句》 175

 （二）《丽辞》 180

 （三）《比兴》 182

 （四）《夸饰》 187

 （五）《隐秀》 190

 （六）《事类》 193

 （七）《物色》 198

 （八）《指瑕》 201

 （九）结语——《总术》 207

第三章　余论 212

一、《时序》《才略》《知音》《程器》，四篇相互的关系 ..212

二、从时代观点叙文章的演进 213

三、作家的造化与时代环境的关系 227

四、对于读者作者的期望 238

 （一）《知音》 240

 （二）《程器》 247

五、附录 250

前　言

一、介绍一部空前绝后的"中国文学论"

《文心雕龙》一书，据清儒刘毓崧的考证，大约写成于南北朝时代南齐之末，等于公元六世纪初年（这问题请参酌后文时序篇末的解说）。在这以前，中国已有了丰富的文学作品，而对于文学作品也有了种种不同的意见。不过那些理论性的著述，经过长久的岁月，或存或亡，到了现代很难说出它的实在情形，最好是依据《文心雕龙》的作者刘勰亲自说明他当时所及见的前人理论性的著述，较为允当。关于这一点，他在《序志》篇云：

详观近代之论文者多矣：至于魏文述典，陈思序书，应场文论，陆机文赋，仲治流别，弘范翰林，各照隅隙，鲜观衢路，或臧否当时之才，或诠品前修之文，或泛举雅俗之旨，或撮题篇章之意。魏典密而不周，陈书辩而无当，应论华而疏略，陆赋巧而碎乱，流别精而少功，翰林浅而寡要。又，君山公幹之徒，吉甫士龙之辈，泛议文意，往往间出，并未能振叶以寻根，观澜而索源，不述先哲之诰，无益后生之虑。

这里，他提出的魏文帝曹丕《典论·论文》，今见于《昭明文选》卷五二；陈思王曹植《与杨德祖书》，今见于同上书卷四二；应玚《文质论》，今见于《艺文类聚》卷二二；陆机《文赋》，今见于《昭明文选》卷十七；挚虞（仲洽）《文章流别论》及李充（弘范）《翰林论》，分别亡佚于唐宋之世，其残文今见于清严可均所辑《全晋文》卷七七及卷五二者皆不及原书十分之一。此外，桓谭（君山）《新论》，严辑于《全后汉文》卷十三至十五，然有关论文之语不多。刘桢（公幹）《论文》，除刘勰于《风骨》及《定势》二篇引述者外，已不可复见。应贞（吉甫）遗说，载籍久亡；陆云（士龙）论文，今但见其与陆机的书信中一些偶发的意见而已。如果依据刘勰当时所"详观"的前人文论，不管是尚存的或已散佚的，在其篇帙与内容组织上，可说没有一个比得上《文心雕龙》，然则称《文心雕龙》为我国空前未有的文学理论巨著，当不为过。

这样巨帙的专门著述，把中国上古迄于作者的时代，凡是他披览过的名篇伟制，一一都收为他的研究对象，中间既不假借外来的文学思想，纯粹使用中国传统的文学观念来探讨纯粹国产的文学，处处保持着"观澜索源，振叶寻根"的态度，又可说是以中国人的才智建立的中国文学理论，便显得更亲切、更地道，也更具有代表性。尽管它的成书时代去今将近一千五百年，但就其纯粹性来评鉴，也是绝后的。所以自从这本书写成，既得到当时文坛领袖的称赞，而且在印刷术尚未发达，抄写流通十分困难的情况之下，仍拥有不少的读者。颜之推从南方流徙至北方，现在看他的《颜氏家训》论起文章，就有不少地方使用刘勰的遗说。历经隋唐五代，写文章的人虽未一一指名道姓，但引述这本书中的成语或套用刘勰的观点者，更是随时都可遇到。自宋以下，研读这本书的人，愈后愈多；至于近世，《文心雕龙》的研究者更从而作多方面的探讨——然而，如同唐宋诗人都在挦扯李商隐，却未见第二李商隐出现一样，研究《文心雕龙》者虽多，亦未见有相等的《文心雕龙》的著作出现，便可证明这书被称为"绝后之作"，于今仍不算是过分夸大。

二、作者：从刘舍人到沙门慧地

《文心雕龙》作者刘勰，其生平事迹略见于《梁书》卷五十，《南史》卷七二，但后者实际是删削前者而成文；故《梁书》之刘勰传，文字稍详于《南史》。《梁书》是姚察姚思廉父子并两世的作业而告成于唐太宗之世。刘勰被列于《文学传》中，今存《文学传》后有"陈吏部尚书姚察曰"云云，则似那些记载是出于姚察之手。姚察的生平见于《陈书》卷二七，他大约生于梁武帝中大通五年（533），卒于隋炀帝大业二年（606）。按其生年与刘勰生存的年代非常接近，并且他能看到梁史的资料亦较后人为多。但以史笔珍重，不特被史官看在眼里的人物，少如凤毛麟角；即使被他们叙上一笔的，而许多详情细节，也是照例不书。刘勰传之得以列入正史，大概就靠他曾写过《文心雕龙》，所以短短的传文内有关这本名著的记述却占有最多的字数。尽管如此，其他详情细节，今人杨明照曾写了一篇《梁书刘勰传笺注》，载于《燕京文学年报》第七期，后来又转辑于王利器的《文心雕龙新书》内。杨氏的笺注虽已补明《梁书》过分简略的字句，然为后人关心的较大问题，如刘勰生卒的年代究竟如何，他为什么不婚娶而居住僧寺，居住僧寺之后为什么又出来做官，做官之后为什么又剃发出家，等等；凡是有关于他的身世经历，因限于资料，杨氏的笺注照样未透露任何消息。当然，文献不足，慎言其余，是很可敬的态度。不过这些问题有的关联到刘勰个人的思想甚至信仰，而二者又都关联到他的著述。这里试就《梁书》刘勰传未经笺注出来的疑问，依原文的顺序，试言其大要如下：

刘勰，字彦和，东莞莒人。莒，相当于现在的山东省莒县，但因永嘉（307—312）之乱，北方沦陷于异族，东晋明帝于南徐州置东莞郡以统流亡南下的人们。刘勰的祖父灵真，与刘宋时代的雍州刺史刘秀之是兄弟，《宋书》卷八一刘秀之之传云："秀之世居京口"；京口，在今江苏镇江市丹徒区，然则刘勰当即生长于此。刘灵真的生平无可考，其子刘尚，即是刘勰的父亲，曾为越骑校尉。倘据《颜氏家训·涉务》篇所言"南渡士族……至今八九世未有力田，悉资俸禄而食"之语，则这"越骑校尉"亦似是食禄用的虚衔。所以刘勰这一系应算是京口刘氏一族中较为没落的一家。本传云："勰早孤，笃志好学。家贫，不婚娶，依沙门僧祐，与之居处积十余年。"这里说他"早孤"，是不太清楚的陈述。因"早岁"并不等于"幼年"，只是说他尚未成年，刘尚便已亡故了。刘尚挂个虚衔，多少还有俸禄可支，及其死后，刘勰的生活便发生了问题。但他不别谋出路，独找定林寺的和尚僧祐投靠，这里面就不是一件简单的事。因此"家贫不婚娶"五字，似须分开来看，例如：无力婚娶，可能是为着家贫；但不愿婚娶，便不是仅为家贫而已。以刘氏家世，纵因贫困不能与当代显贵的子女结亲，但以一个笃志好学的士人，亦似不难求得淑女，而其问题或在于刘勰个性本即无意成家。有了这样的个性，就容易了解他不依亲故，宁自托迹于空门了。慧皎《高僧传》卷十三，说僧祐于齐永明中（483—493）甚为竟陵王萧子良所礼敬，曾大量收集佛经，请人校订卷轴，撰写目录提要。同书卷十四《僧超辩传》云：超辩于齐永明十年（492）终于山寺"僧祐为造碑墓所，东莞刘勰制文"。按自汉以来，世俗无不重视墓道碑文的，凡被邀请撰写碑文，除显要者外，大都是大名士大作家；即使教下的风气，似亦不在例外（《幼狮学志》十五卷三期潘重规之《刘勰文艺思想以佛学为根柢辨》一文，考辨甚详）。是故，僧祐请刘勰为超辩撰碑，当与其邀请刘勰编纂定林寺经藏一样，都是要借重其学力与文才。易言之，刘勰著有文名是前因，而依僧祐是后果。这个后果，不仅有关家贫，也笃定了他"不婚娶"的意愿。这都是在他撰写《文心雕龙》以前，齐永明年间之事。

《僧祐传》又云：梁武帝非常礼遇僧祐，凡僧事硕疑，皆勅就审决。临川王萧宏，南平王萧伟，仪同陈郡袁昂，永康定公主，贵嫔丁氏，并尊敬僧祐的戒范，当他是个大师。这是说僧祐由齐至梁，愈受皇家显贵的崇拜。其中，丁贵嫔，是昭明太子萧统与简文帝萧纲的母亲；而临川王萧宏，其人虽无可取，但他是梁武帝的六弟，也是刘勰初出茅庐时的长官。如果从萧宏与僧祐的关系或从与僧祐有关的许多皇亲国戚，以及刘勰出仕，首先充任临川王的记室等事实看来，则刘勰之走出寺门，是否受到沈约的提拔，事未可知；但他的文才得到萧宏的赏识，却显而易见。刘勰与僧祐相处至十年之久，而且"博通经论"，他当时没有立志做个义解的名僧，也不像前世诸子那样撰写其治国匡俗的政论，而独对那"离本弥甚，将遂讹滥"的文风进行纠正的工作。这种意愿，但看他在写《程器》篇的结论，说："是以君子藏器，待时而动，发挥事业，固宜蓄素以弸中，散采以彪外。"以及"穷则独善以垂文，达则奉时以骋绩"一段话，便可知他虽寄迹僧家，遇有机缘仍要进入仕途的。这是他著作此书而未仕时的自白，及遇贵人提拔，所以本传说他"天监初（502）起家奉朝请，中军临川王宏，引兼记室。"这里使用"引"字，益可想见其起家入仕第一是由萧宏的汲引了。

《梁书》萧宏传云：天监元年（502），萧宏封临川郡王"三年加侍中，进号中军将军"，此处称"中军临川王"，则其"引兼记室"当是天监三年以后。《南史》卷五一的萧宏传，对其为人，描写得较为详细，说他是"好内、乐酒、沉湎声色"，天监四年，梁武帝命他统精兵抵御北魏之入侵，但因其懦怯无能，落得大败逃归（此事，《通鉴》卷一四六记于天监五年）。但为着是梁武帝的胞弟，不仅未见受罚，反而"迁司徒，领太子太傅"。而其时，据道宣《高僧传》卷六《僧旻传》云："（天监）六年，制注般若经……又敕于惠轮殿讲《胜鬘经》，帝自临听。仍选才学道俗：释僧晃，临川王记室东莞刘勰等三十人，同集上林寺，抄一切经论，以类相从，凡八十卷。"如果这记载无误，则刘勰自天监三年至六年，一直是兼萧宏的记室。接着，刘勰本传又言："迁车骑仓曹参军，出为太末令，政有清绩。"然而，他何时迁为车骑仓曹参军，史文不明。杨明照把那"仓曹参军"笺注为尚书度支的僚属，似乎欠妥。依理他的迁官当未脱离萧宏的关系，因尚书度支属下虽有仓曹，但萧宏从中军将军以至司徒，他的府里也有仓曹。《文献通考》卷四八"三公以下官属"云："梁武受命之初，官班多同宋齐之旧。有丞相太宰、太傅、司徒司空开府仪同三司等官。诸公，及位从公开府者，置官属有长史、司马、咨议参军，掾属从事中郎、记室、主簿、列曹参军、行参军舍人等官"，所谓列曹参军，即包括功曹、户曹、仓曹、中兵、骑兵等。刘勰之由记室迁车骑仓曹参军，其官称要在"车骑"二字，车骑是将军号，不是尚书度支。到了下文"出为太末令"，这个"出"字不唯指述他离开京城，亦表示他离开了临川王的统属，其时代虽不能考定，但应在那八八卷经论分类编成之后。太末县于南齐时代属于东阳郡，《隋书·地理志下》云：隋文帝平定江南，"废建德、太末、丰安三县"并入东阳，开皇十八年（598）又改名金华，盖即今浙江金华市境。所谓"政有清绩"，似称其廉洁，未必即有"能"名。以一个久习经论而专长文艺的学者治理万户以上的县份（汉制：凡县万户以上为令，减万户为长），他能得个"清绩"，就是很了不起的了。

接着，刘勰传又云："除仁威南康王记室，兼东宫通事舍人。时七庙飨荐，已用蔬果；而二郊农社，犹有牺牲；勰乃表言二郊宜与七庙同改。诏付尚书议，依勰所陈。迁步兵校尉，兼舍人如故。昭明太子好文学，深爱接之。"按：《梁书》卷二九萧绩传云："天监八年（509）封南康郡王……十年进号仁威将军。"依此称谓，则刘勰之正除南康王记室，当在天监十年后。萧绩是梁武帝的第四子，本传说他"寡玩好，少嗜欲，居无仆妾，躬事俭约，所有租秩，悉寄天府"。这就与刘勰前任长官大不相同了。萧绩于天监年间，前后曾出任南徐州南兖州的刺史，刘勰或因兼有昭明太子的通事舍人之职，时在京城，故有机会建议南郊北郊之礼概用蔬果供祭，且受到昭明太子之"深爱接"。杜佑《通典·职官》云：通事舍人为太子庶子属官"掌宣传令旨，内外启奏。梁亦有之，视南台御史，多以余官兼职。"然后人习惯以此兼职称刘勰为"刘舍人"，或因其较"步兵校尉"尤合于他的身份。步兵校尉，自魏晋以下依循后汉之制，为五校尉之一。《文献通考》卷六四云："五校，官显职闲，而府寺宽敞，舆服光丽，伎巧必给，故多以皇族肺腑居之。"如或梁世情形相同，则刘勰当时以步兵校尉兼通事舍人，亦可算是皇族肺腑所以有此"优差"。

最后，刘勰传末云："有敕：与慧震沙门于定林寺撰经。证功毕，遂启求出家，先燔鬓发以自誓。敕许之，乃于寺变服。改名慧地。未期，而卒。"这关系到刘勰的卒年，史文没有年月的交代，使得后人一直摸不清这本名著作者的生卒年代，因亦不能确知他活在世间的年寿。然而各家对他卒年的推测中，今人范氏注《文心雕龙·序志》篇引用慧皎《高僧传》的记载较为接近。因为慧皎自序其书的记载是"始汉明帝永平十年，终至梁天监十八年（467—519）"，亦即他著书的终限是天监十八年，而作序的年代可能更在这十八年之后。唐释道宣的《高僧传》卷七，编有《慧皎传》，但对于慧皎的生涯却以"后不知所终"五字了之，反不如今本慧皎《高僧传》书后附录龙光寺释僧果的记载，说慧皎于"梁末承圣二年太岁癸酉，避侯景难，来至涢城。少时讲说，甲戌岁二月舍化，春秋五十有八"。这记载如若可据，则慧皎实卒于承圣三年甲戌岁（554），距其所自言《高僧传》的终限，尚有三十五年之久。换言之，在那三十五之中，侯景没有叛乱以前，任何一年，他都可以制作这篇序；但撰写那"二百五十七人，又

23

傍出附见者二百余人"的传记，必然是在作序之前，因此《高僧传》中许多传记，可信都是天监十八年前写成的。而其中《僧柔传》（见卷九）、《僧祐传》（卷十三）、《僧超辩传》（卷十四），载有三僧卒后，其碑文俱由刘勰制作，慧皎并称之为"东莞刘勰制文"；尤其是僧祐卒于天监十七年五月，慧皎亦称其碑文撰者为"刘勰"而不用"慧地"僧名，如果这不是因慧皎远在会稽，不知刘勰已受敕出家改名，则刘勰之出家，可信是在十七年之后。后二年，梁武帝改年号为"普通"，这年号一共用了七年之久，刘勰传说他变服出家"未期而卒"，则其卒年或即在这七年间。不过，今人或据宋僧祖琇"隆兴佛教编年通论"把刘勰著书五十篇之事，缀在昭明太子卒年之下，因疑刘勰之卒，应在大同三年（537），却替他增添了十多年的寿命。但综其一生，依据其自述者推算，他著作《文心雕龙》的年龄，当为《序志》篇所说的"齿在逾立"，梦随仲尼南行，因而有感去圣久远，文体解散，于是搦管和墨，乃始论文之一段话。亦即他于三十多岁开始撰写《文心雕龙》。其时代接近南齐末季至梁武帝初年，这样经历了梁天监至普通年间，前后二十余年，则其享寿约在五六十岁左右。论其生存岁月，正在所谓"齐梁文学"鼎盛的时代，他之专意论"文"，不能不说是深受环境的影响。所以身居僧寺，而整理的是许多佛书，但写完《文心雕龙》四十九篇之后，却在《序志》篇云："自有生人以来，未有如夫子者也。"可见他当时思想的坚执，把孔子远驾于释迦牟尼之上。有些坚执，则循着"学而优则仕"

24

的教训，一受到萧宏的招引便决然登上仕途。然而真正体验到现实的仕宦生活之后，又积渐促起幻灭的感悟。虽然，因其文集，到了隋代即已不见流传，故有关那促使其幻灭的言论无从知晓，但他长期保持着与僧人的交往以及其素食的习惯，仍可从零星的记载中钩稽而得之。此外，齐梁短世，诸事之纷更变化特别迅速，这出于他的亲闻目见，可能亦加深了他对"永恒"的追求。例如僧祐《弘明集》收载他写的《灭惑论》，观其为佛教辩护的热诚虽不及其论"文"的奥博，但态度坚决，足可预示其削发为僧是个顺理的行为，同时亦可看出他对道教邪术所利用的人性弱点以造成尘俗污浊之种种世相，这或许亦是促使他思想转变之一助力。使他始于栖身僧寺而终于归心佛门，从刘舍人而变作沙门慧地。

第一章 《文心雕龙》上编的结构

一、主旨的建立与文笔的分论

刘勰未入仕之前，对于历代文学持有浓厚的兴趣，值得史家给他"笃志好学"的称誉。然而更难得的是，他能从历代文学作品中看出一种演变的事实，最后使他关心到"去圣久远，文体解散"以至"离本弥甚，将遂讹滥"的危机，因而激动了他撰写《文心雕龙》的决心。不过有了这样的决心，他本可以和前人一样，写下如同曹丕《论文》或陆机《文赋》那种的短篇，而不必耗时费日就这小题目做大文章，要在诸子百家之外，为这小题目自制"一家之言"。因此，在他论文的动机之外，必然另有某种信念为之支持，始能使他刻意完成像吾人所得见的这样巨著。要说某种信念，其实他在《序志》篇即有若干透露，他说："岁月飘忽，性灵不居，腾声飞实，制作而已。"又说，"形同草木之脆，名逾金石之坚，是以君子处世，树德建言，岂好辩哉，不得已也。"前者是怕一些感想容易随时间而消逝，所以必须把它写出；后者是他不掩饰其受到"君子疾没世而名不称"的圣训之感动，愿意争取三不朽中"立言"之不朽。此种信念，自司马迁以下，到了王充便有很大的发挥。王充于《论衡·自纪》篇云："高士所贵，不与俗均，故其名称不与世同。身与草木俱朽，声与日月并彰；行与孔子比穷，文与杨雄为双；吾荣之。身尊体佚，百载之后，与物俱殁；名不流于一嗣，文不遗于一札，富虽倾仓，文德不丰，非吾所臧！"这思想归结到曹丕《论文》时，乃有"年寿有时而尽，荣乐止乎其身，二者必至之常期，未若文章之无穷"的感叹。于是凡百君子之树德建言，不为"好辩"，"是不得已"也。显然这"不得已"三字，便是知识分子之责任感的异名，他们看到某种事实的演变有失其常规的时候，便要仗义执言，以成就其"穷则独善以垂文"的理想。魏晋以下的知识分子，据《隋书·经籍志》的收录，有不少"子书"，虽其中不无一些沽名钓誉的滥作，但多数都是为着匡世牖民而从事这"贼年损寿"的事业，如同《抱朴子》佚文所记陆机临亡曰："穷通，时也；遭遇，命也。古人贵立言以为不朽，吾所作子书未成，以此为恨耳。"（见《太平御览》卷六〇二引）亦正是同样的信念。是故，与其说他们是为好"名"而进力，不如说是为责任感而著述。刘勰所作，虽是前人接触过的论题，但他既嫌曹丕之作，密而不周；曹植之作，辩而无当；应场之作，华而疏略；陆机之作，巧而碎乱……于是他要结合前人的好处而补正其缺点，重新撰写这"有同乎旧

27

谈"又"有异乎前论"的一部有系统的著作。单看那里面，除了须要长期博览十代作家的作品，审察前人评论的是非，然后汇集为研究的资料之外；又得将研究的结果，设计为讲述的纲领，使之轻重适宜，条理不紊。仅这方面已经要耗费若干思考的工夫，到了搦笔和墨，又要字斟句酌，摛文敷采，然后完成这五十篇的文章，分作上下两编，定为《文心雕龙》一书。如果他不是有坚毅的意志，何能不惮烦到了这个地步？

现在先就其结构纲领来探视此书的编辑计划：《序志》篇云："盖文心之作也，本乎道，师乎圣，体乎经，酌乎纬，变乎骚，文之枢纽，亦云极矣。若乃论文、叙笔，则囿别区分，原始以表末，释名以章义，选文以定篇，敷理以举统；上篇以上，纲领明矣。至于剖情析采，笼圈条贯；摛神性，图风势，苞会通，阅声字；崇替于时序，褒贬于才略，怊怅于知音，耿介于程器，长怀序志，以驭群篇，下篇以下，毛目显矣。位理定名，彰乎大易之数，其为文用，四十九篇而已。"

这是他自叙《文心雕龙》全书的结构，近世学者据本书现有的篇目次第加以分别诠释，因各人的诠释不尽相同，使得他的结构仿佛有些出入。现在为妥慎起见，试就《序志》篇原文重行省察，便会知道现存的篇目次第，大体上，他均已交代明白。尤其有趣的是，他最后写了《序志》一篇刚好凑成五十之数，其中实际论文章，论作家与读者的，仅有四十九篇；他还借用《周易·系辞传》说的"大衍之数五十，其用四十有九"作为全书篇数的总说明。尽管那四十九篇文章流传至今有些残缺，甚至于后半部的篇次还有一些颠倒错乱，所幸有他的《序志》篇作全书内容的提示，可以参考比照，而得知其编纂的大纲。前半部是分五篇为一组，二十篇为一组，成为"五"比"二十"，合共二十五篇；后半部是分二十篇为一组，五篇为一组，成为"二十"比"五"，合计亦是二十五篇。前后合计便是他设想的"大衍之数"，除去最后的《序志》篇，则四十九篇都是讨论文章相关的问题了。这里先就前半部的情形略作说明：

按《序志》篇说的"上篇以上"，这"上篇"二字，为着区别单篇的篇，今改为"上编"，以免与其中诸篇的"篇"相混。据他所说，上编实有两部分：一、"文心之作也，本乎道，师乎圣，体乎经，酌乎纬，变乎骚，文之枢纽，亦云极矣。"枢纽是指"中心点"，换言之，《文心雕龙》全书的要点，亦即作者所据以论文的思想中心乃在《原道》《征圣》《宗经》《正纬》《辨骚》五篇所表示的一系列理论中。因为他发现文之为道，是沿着先圣的作业而呈现，其所呈现者即是用文字记录的"经书"。故经书不止是圣情所系，也是道心之所在处。不过经书所表明的不可能是道的全体，其中还有文字不能毕载的幽晦的一面，亦即所谓神秘的事情，自古即亦有这方面的文字记录，被称为"纬书"的。然而纬书所呈现的，既为神秘部分，便难以用现实来验证，因而神秘的记录成为真伪莫定的东西。然而它在"道"之现形于文章上，毕竟也是"文"之不可否认之一端，唯一的是不具有全面的可信性而已。他的"酌纬""正纬"的思想即据此而来，特别是在传世的文章中如诗如骚，本是交织着经纬显隐两面而组成的文章，由时代的进展上观察，骚虽后出，但它情兼经纬，事在隐显之间，可说是文章之一极变。因为一正一反一合，以外更无别事，而文章之演变到了"骚"的出现，从其原理上探察，已是登峰造极，后之作者万变亦不出于这些范畴。故从《原道》至于《辨骚》，是他在历代文学作品中发现的文学演变的原理，用为《文心雕龙》一书的思想体系。因文学是一种"表现"，由隐至显，必兼内外；其中或隐或显，是个"可变"的事实，但欲敷赞"圣"旨，他愿意把当时"离本弥甚"的作风重返于正，正是他"宗经"的目的；然而重返则靠那"可变"的事实，如其不可变，则他的论文亦等于空谈了。

这一部分的论文止于《辨骚》篇，这在其陈述方式不同于《明诗》以下至于《书记》篇的陈述方式，一看即可了然。故自《明诗》至《书记》，属于上编的第二部分。这部分因文体解散，愈出愈繁，他依据当时的常识，先把它总为"文"与"笔"二大类而进行其论"文"叙"笔"的细述，大抵自《明诗》篇至《谐讔》属于"论文"，自《史传》篇至《书记》篇乃是"叙笔"。其中属于"文"者，被他提到的约有：

（一）诗。包括四言、五言、三言、六言、杂言诗、离合诗、回文诗、联句等，见原书第六。

（二）乐府。包括三调、歌、曲、铙歌、挽歌等，见原第七。

（三）赋。包括京、殿、苑、猎、述行、序志、杂赋等，见原书第八。

（四）颂赞。包括颂、赞、序引、评、述，见原书第九。

（五）祝盟。包括祝、降神、谴咒、诰咎、盟、诅、誓等，见原书第十。

（六）铭箴。包括纪功、颂德、山岳、器物、百官箴、杂箴等，见原书第十一。

（七）诔碑。包括诔、庙碑、墓碑、碣，见原书第十二。

（八）哀吊。包括哀辞、吊文，见原书第十三。

（九）杂文。包括对问、七发、连珠、答客难、解嘲、宾戏、达旨、典、诰、誓、问、览、略、篇、章、曲、操、弄、引等，见原书第十四。

（十）谐讔。包括谐辞、隐语、谜，见原书第十五。

属于"笔"者：

（一）史传。包括《尚书》、《春秋》、策、纪、传、书、表、志、略、录等，见原书第十六。

（二）诸子。包括周秦汉诸子书，见原书十七。

（三）论说。包括论、说、议、传、注、评、叙等，见原书第十八。

（四）诏策。包括诏、策、命、诰、令、敕、制、教等，见原书第十九。

（五）檄移。包括檄、移、戒誓、露布、文移、武移等，见原书第二十。

（六）封禅。包括封禅文，剧秦美新，典引等，见原书第二十一。

（七）章表。包括章、表等，见原书第二十二。

（八）奏启。包括奏、疏、启、封事等，见原书第二十三。

（九）议对。包括议、对、驳议、对策、射策等，见原书第二十四。

（十）书记。包括奏书、奏记、笺、谱、簿、录、方、占、律令、符、契、券、疏、关、刺、解、牒、签、状、辞、谚等，见原书第二十五。

按：《文心雕龙》，叙论周秦汉以来之文笔，虽作品名称繁杂，而各综之为十篇以言其大体，可谓整齐之至。每篇叙论之要点，又可约为四端：

（一）"原始以表末"，目的在说明某种文章发生的原因以及其发展的经过。例如《明诗》篇云："人禀七情，应物斯感，感物吟志，莫非自然。昔葛天乐辞，玄鸟在曲，黄帝云门，理不空弦"，一直说到"宋初文咏，体有因革，庄老告退而山水方滋，俪采百字之偶，争价一句，情必极貌以写物，辞必穷力而追新"，这是他使用历史的方法，做到振叶以寻根，观澜而索源的地步。唯其如此，故所把握到某种文章的特点，都较有事实的根据。

（二）"释名以章义"，目的在说明文章分类命名的意思是根据前人的解释或历来的通诠，然后从而引申成为界说，使其名义较为确定，例如《明诗》篇云："诗者持也"，这里以"诗"为"持"，是依据诗纬含神雾所作的定义，本属汉代四家诗中一家之说，但他又以这"持"为持人情志，于是又与"诗言志"之说相合，持人情志，义归无邪，便成为他的解释了。又如《诠赋》篇云："赋者铺也"，这是用郑玄《周礼注》的解义；虽与许慎《说文》的定义不同，但容易与"铺采摛文，体物写志"相引接而进入论题，而他所作各篇的释名，大抵是这样的。

（三）"选文以定篇"，是就某一同类的文章中列举重要的作家作品，不但用之以为这一类文章的模范，亦且还用作这一类文章嬗变的迹象之证明。唯是这一部分叙述的笔法并不一样：有的是举例并作品评，如《诔碑》篇云："至如崔骃诔赵，刘陶诔黄，并得宪章，工在简要。陈思叨名，而体繁缓；文皇诔末，旨言自陈，其乖甚矣。"这是好的坏的并加评选。亦有的举例则强调其变化，如《颂赞》篇云："若夫子云之表充国、孟坚之序戴侯，武仲之美显宗，史岑之述熹后。其褒德显容，典章一也。至于班傅之北征西征，变为序引，马融之广成上林，雅而似赋，何弄文而失质乎！"前段是选篇而后段则注意于其变化了。

（四）"敷理以举统"，这是他根据原始表末，释名彰义，亦即从文学史的事迹与名实的考虑，以及作品的评鉴中，抽取某一类的文章正当要求。如《明诗》篇云："若夫四言正体，则雅润为本；五言流调，则清丽居宗。华实异用，唯才所安。"又如《诠赋》篇云："盖睹物兴情；情以物兴，故义必明雅；物以情观，故词必巧丽。丽词雅义，符采相胜，如组织之品朱紫，画绘之着玄黄，文虽新而有质；色虽糅而有本，此立赋之大体也。"本，宗，大体，都是"举统"之言。

综观其论文叙笔所揭示的四个重点，在前后二十篇中，虽不是刻板地一一说来，甚至于亦不用同一的写法。然而每篇之中必兼具这四层意义的陈述，则十分一致。揆其所以，很可能是他受了早年在定林寺为僧祐编撰佛书总目所定的条例影响。因为那总目是参照释道安的《经录》，分为《撰缘起》《诠名录》《总经序》《述列传》四部分。不过尽管如此，他把当时所见历代作品摊派于二十篇而加以分类叙述，但那作品实包括有"公""私"两面的用途。在私的一面，作家抒写个人的情意，常常会侵蚀那类型的界线，如其所言的"诗有恒裁，思无定位。随性适分，鲜能通圆。"又说"颂唯典雅，辞必清烁，敷写似赋，敬慎如铭"。又说"勒石赞勋者入铭之域，树碑述己者同诔之区焉"。诗的用途多出于私，所以无定的诗思，难与类型相适应；其他如颂赞诔碑，就类型看来，其中亦有与赋铭相混同的迹象。换言之，这些类型本即有互可融通的性质，更加以作家受着时代趣味不同的影响，便造成了某一类型或兴或废的事实。有如"杂文"一类，其中《七发》《连珠》之类的文章，到了短赋骈文流行之后，其类型便渐趋于销匿，有如四言诗之被五言诗所替代一样。再就公的方面看来，公文书的类型关系政治体制。虽因君主政体在历史上占着悠长岁月，公文书的体式大率仍旧，但其间为执政者之开明或专制，而体式之进退，亦时有变更。不过，这一切到了现代，多半很不适用，是故研治《文心雕龙》，对于论文叙笔部分，唯重视其"敷理以举统"的意见，至于名义与体式，但作史料来了解，就算是很好的了。

至于《文心雕龙》下编，亦即自《神思》以下迄于《序志》亦刚好是二十五篇。不过这二十五篇中除了最后的《时序》至《序志》等五篇不是直接讨论"文"之与"心"，可视为全书的余论，其余恰好亦是二十篇，自《摛神性》（心的问题）至《阅声字》（文的问题）又可视为全书的重心所在。只可惜现有的这重心部分的篇章既显有残缺，而更可疑的是它编排次序与《序志》篇说的不相符合，显得有些颠倒错乱，亦影响其纂述体系有所不明。关于这个严重的问题，留待说解其下编时讨论，兹不赘述。

二、"本乎道"至"变乎骚"

（一）"道之文"的探讨

《文心雕龙》的作者自言："文心之作也，本乎道，师乎圣，体乎经，酌乎纬，变乎骚，文之枢纽，亦云极矣。"这里面，道、圣、经、纬、骚，五者指述的对象不同。倘依据他在《夸饰》篇使用过的定义："形而上者谓之道，形而下者谓之器"，则自"圣"以上，应属于形而上论；自"圣"以下，始为实体的器，或是见于文字的文。从而可知作者著书的抱负，要使之成为有本有末的论述，故从原道、征圣，进而提出宗经、正纬、辨骚等论题，并指明这是"文之枢纽"。倘再从"文之枢纽"一语来体会，则似乎在表示他所把握到文章或文学的关键，是从形而上之道，透过圣人表现为经、纬之文，又转变为骚体的文章；可说是从幽眇的进至现实的，同时亦是从极广泛的问题进入极专门的问题上。像这样一系列的表现过程，实际亦是文之演变过程。同时，他把《辨骚》篇放在《宗经》《正纬》二篇之后，又似是经纬之文孕育了骚体文章，亦即，骚体吸取了经纬之精华而成立为不是经又不是纬的文章（看《辨骚》篇中，正如此说）。这独特的成就，乃是衍生新种的关键，亦为文学"演变"的原理或原则。这里，文章之有正有变，正合乎他最熟习的《周易·系辞传》制定的"一阴一阳之谓道"的构想（因为他不仅《原道》篇的论点多据《周易》立说，即其全书结构，亦明用《系辞传》所言的"大衍之数"来编排），认为文章之道，不外乎此，故曰："文之枢纽，亦云极矣。"

现在为着尽量减少违失作者原来的意旨，先把《原道》篇的本文分段抄录，并为之诠释于后。

　　文之为德也大矣，与天地并生者何哉？夫玄黄色杂，方圆体

36

分，日月叠璧，以垂丽天之象；山川焕绮，以铺理地之形；此盖道之文也。仰观吐曜，俯察含章，故两仪既生矣，唯人参之。性灵所钟，是谓三才。为五行之秀，实天地之心。心生而言立，言立而文明，自然之道也。傍及万品，动植皆文：龙凤以藻绘呈瑞，虎豹以炳蔚凝姿；云霞雕色，有逾画工之妙；草木贲华，无待锦匠之奇；夫岂外饰，盖自然耳。至于林籁结响，调如竽瑟；泉石激韵，和若球锽；故形立则章成矣，声发则文生矣。夫以无识之物，郁然有彩；有心之器，其无文欤！

　　这是《原道》篇开宗明义第一段。虽然篇名"原道"，但着眼点却在"道之文"。或因形上之道，其存在超于名言以外，无从述说，乃就其所呈现之形器言之，亦或因其著书目的在于论文，故即从"道"之表现为"文"者着手陈述。抑且形上为道，形下为文，然则道之于文以外即没有其他表现吗？则又因其无关本题，不予提论，他仅就天玄地黄之色，天圆地方之形，这些出于当时常用的语言来提示他所讨论的对象是限于人们视觉所构造的玄、黄、方、圆、叠璧、焕绮等印象范围内。这些形下之器，其色杂，其体分，多样而又统一，他则称之为"道之文"。接着，他说"仰观吐曜，俯察含章"至"为五行之秀，实天地之心"几句话，而"仰观"上无主格，骤看或疑这是谁来仰观俯察，但至"实天地之心"一句按语，则知这只是作者套用古书的成语来编排天道地道人道等三才，又根据《礼记·礼运》篇说的"人者，其天地之德，阴阳之交，鬼神之会，五行之秀气也"，又说"人者，天地之心也"等现成的话。不过这些现成的话虽则有典籍的根据，但是否能为常理所承认？以他"师乎圣，体乎经"的一贯思想说来，那是可肯定的。因为圣人因文以明道，而那些典籍本是明道的文章。何况人为万物之灵，虽生存于天地之间，独与天地鼎足而并言，已是人们的常识。尽管他对这常识未有深论，却亦未遭挑剔，便可用以为其立论的前提了。

接着他说："心生而言立，言立而文明，自然之道也。"至"夫以无识之物，郁然有彩；有心之器，其无文欤！"这一段关涉及于语言文字之文，线条色彩之文，声响音调之文。然而三者，如同譬喻一样，以乙喻甲，严格说来，而甲并不是乙，必须就其可共通之点而加以谅解，如同龙凤之"藻绘"，虎豹的"炳蔚"，云霞之"雕色"，草木之"贲华"，以及林籁之"结响"，泉石之"激韵"，等等，略可与语言文字表现的某一效果相通。然而龙凤虎豹等表现的虽有这共通的效果，但它本身毕竟不是文章；同例，语言文字所表现的虽亦有这样的"效果"，但它本身毕竟亦不即是文章。所以这一段的表述，关系到《文心雕龙》作者观念中所谓文章之实体。他说"无识之物，郁然有彩；有心之器，其无文欤"，以"彩"与"文"相并，可知彩与文关系之重要。这种观念，他在《情采》篇表示的尤为露骨。他说"圣贤书辞，总称文章，非采而何？"以此可知他之所谓"文"者，恰与当日编纂《文选》的萧统以"义归翰藻"者为文，是一鼻孔出气的了。

其次，他对于"有心之器"所以成文的表现过程，在这一段里有如下的语句："心生而言立，言立而文明，自然之道也。""心生而言立"一语，接在"人实天地之心"之下，所以这个"心"亦即天地自然之心。这点，他在《明诗》篇说得较为清楚。他说："人禀七情，应物斯感，感物吟志，莫非自然。"自然的禀赋，是先有情而能感物，乃为"心生"的依据。然而心生如何言立以至文明？他在《体性》篇仅说到"情动而言形，理发而文见，盖沿隐以至显，因内而符外者也。"这些话语，虽然大意不差，仍嫌含混。近人黄侃《文心雕龙札记》，曾用较多的句字为之说明，他说"盖人有思心，即有语言；既有语言，即有文章。语言以表思心，文章以代语言，唯圣人为能尽文之妙，所谓道者，如此而已。"他不仅解释"心生言立文明"的表现过程，甚且把这过程视为"道"。由于"有思心即有语言"是自然形成的，所以《原道》篇称为"自然之道"，这是很重要的理解。据之亦可理解《文心雕龙》作者写了三万七千余字，编成五十篇，而多半讨论的都是有关语言文字上的问题。然则这"原道"二字，其所言者既不同于前之《淮南子》的"原道"，亦不同于后之韩愈的"原道"，而只是要揭发这"心生言立文明"的自然之道。不过有关此道，黄侃的说明仍嫌太简，例如"有思心"何以见得"即有语言"？"有语言"何以见得"即有文章"？诸如此类的问题，其实《文心雕龙》的《神思》篇已有较为深入的探讨，这暂留待后文再作说明。至于《原道》篇第二段，他说：

人文之元，肇自太极。幽赞神明，易象为先；庖羲画其始，仲尼翼其终，而乾坤二卦，独制文言。言之文也，天地之心哉！若乃河图孕乎八卦，洛书韫乎九畴，玉版金镂之宝，丹文绿牒之华，谁其尸之？亦神理而已。自鸟迹代绳，文字始炳，炎皞遗事，纪在三坟，而年世渺邈，声采靡追。唐虞文章，则焕乎为盛；元首载歌，既发吟咏之志；益稷陈谟，亦垂敷奏之风。夏后氏兴，业峻鸿绩：九序惟歌，勋德弥缛。逮及商周，文胜其质：雅颂所被，英华日新；文王忧患，繇辞炳曜，符采复隐，精义坚深；重以公旦多材，振其徽烈，制诗缉颂，斧藻群言。至若夫子继圣，独秀前哲，镕钧六经，必金声而玉振；雕琢性情，组织辞令；木铎起而千里应，席珍流而万世响，写天地之辉光，晓生民之耳目矣。

这一段更就语言文字之如何表现"天地之心"而构成一系列人文的现象，作个历史式的概述。(《文心雕龙》对于任何论题必探索其历史，尽管他所依据的仅是一些典籍，但这方法要比那巧而碎乱者为高明。)天地之心，实即所谓人文之元。因为"人文之元，肇自太极"，太极坐两仪，两仪是阴阳（抽象的）亦是天地（具体的）。他认为最先发明天地之心的便是《易经》的卦象。这卦，始制于庖羲氏；孔子喜欢研究它，时时翻看至于"韦编三绝"，同时陆续写了《上下象辞》《上下象辞》《上下系辞》，以及《文言》《说卦》《序卦》《杂卦》等十种说明的文章，为之羽翼，以便风行于天下后世。其中特在乾卦坤卦下各附以《文言》一篇。这二篇文言，不徒疏通"卦"意，而且富有文采，合乎天地之心，他以为这正是"道之文"。

不过，可注意的，他说人文之元，肇自太极，于具体的文采之外，仍有抽象的阴阳二义。阴者隐秘而阳者显豁，前为"神理"，后为"道心"。下文，他说到"爰自风姓（庖羲），暨于孔氏。玄圣（庖羲）创典，素王（孔氏）述训，莫不原道心以敷章，研神理而设教。"就表明"道之文"之见于文字记载者，本有两路，一是显豁的教训，一是隐秘的神理。浅言之，他以为上古传来圣人的载籍中有的是先民宝贵的生活经验，亦有的是先世流传的神秘记录。后一部分，正是这一段中说的"若乃河图孕乎八卦，洛书韫乎九畴，玉版金镂之宝，丹文绿牒之华"以及"炎暤遗事，纪在三坟，而年世渺邈，声采靡追"等记载，亦即被他视为"纬书"根源的。至于前者，他则叙自唐虞，历夏商以迄于周公孔子，尤其是经过孔子整理润色的记载，他即明定为"经书"。然而这两种记载既是传自上古，他不能否定其来源，只好假设为"道心"与"神理"的表现，并属之于"道之文"，如下文之所叙者：

爰自风姓，暨于孔氏。玄圣创典，素王述训，莫不原道心以敷章，研神理以设教；取象乎河洛，问数乎著龟，观天文以极变，察人文以成化，然后能经纬区宇，弥纶彝宪，发挥事业，彪炳辞义。故知道沿圣以垂文，圣因文以明道，旁通而无滞，日用而不匮。易曰："鼓天下之动者存乎辞"，辞之所以能鼓天下者，乃道之文也。

赞曰：道心惟微，神理设教。光采玄圣，炳耀仁孝。龙图献体，龟书呈貌。天文斯观，民胥以效。

至此完结了《原道》篇，亦为《文心雕龙》五十篇中说来较为玄秘的一篇。因为他专据经典遗文，要把形上之道归结于现实的文章，中间又兼用广义的与狭义的"文"的含义，不免在推理上便有胶柱鼓瑟似的困难。然而全篇重要的意思是在证明"道沿圣以垂文，圣因文以明道"两句话，以订立其正式的文学观。质言之：文章既发源于道，从形而上表现于形而下，关键乃在于古圣之垂文，所以他说文心之作，本乎道，师乎圣；其实，师乎圣即是本乎道。但是古圣垂文，因年代久远，幸得孔子整理而传布之。其中得自古圣之正传者，则为六经，因而"体乎经"便亦是间接的"本乎道"了。自余受到后人窜乱的神理之说，为着那些纬书的记载与经书的记载或同或异：其说同者，等于多余的复述；其说异者，未必皆出于古圣之垂文，所以他仅以保留的态度对之，认为纬书之言，"事丰奇伟，辞富膏腴，无益经典，而有助文章"。基于这种看法，于是他在《原道》篇之下接写《征圣》《宗经》《酌纬》三篇。不过那三篇的内容，并没有说明他何以要征圣，要宗经的理由，或即因那重要的理由已尽见于《原道》篇了。这里便顺述《征圣》以下四篇的内容。

（二）圣与经

《征圣》篇的大意：首先是以孔子的遗言证明文章之重要性。他说：

> 先王圣化，布在方册；夫子风采，溢于格言。是以远称唐世，则焕乎为盛；近褒周代，则郁哉可从，此政化贵文之征也。郑伯入陈，以文辞为功；宋置折俎，以多文举礼。此事迹贵文之征也。褒美子产，则云"言以足志，文以足言"；泛论君子，则云"情欲信，辞欲巧，此修身贵文之征也"。

由于修身、行事、治国平天下，莫不以为文贵，这一些理由是很明白的。例如先民生活，倘无记录流传，后人何以知有唐虞盛世？智者的生活经验，倘无文字记载，后人何以知有仁义之行？又如春秋时代，郑为小国，晋为霸主。郑国侵略更弱小的陈国，献捷于晋，晋人责以侵略之罪，全赖郑子产引经援典，细述事件的本末，晋人乃以其"辞顺"而受之（文详《左传·襄公二十五年》）；再如，宋国宴请晋国的卿大夫赵文子，设的是分盘递上的酒席，这须有较多辞令相应酬，如果不懂文章，便至失礼（事见《左传·襄公二十七年》），这都证明文章之重要。至于表达情意，能把句句话都说得确切而动人，更是个人不可少的修养。因此，接着他就提出文章上必要的一些原则；可注意的，而这些原则亦即为他以后批评文章的标准。他说：

> 是以论文必征于圣，窥圣必宗于经。易称"辨物正言，断辞则备"；书云"辞尚体要，不惟好异"。故知正言所以立辩，体要所以成辞；辞成无好异之尤，辩立有断辞之美。虽精义曲隐，无伤其正言；微辞婉晦，不害其体要。体要与微辞偕通，正言共精义并用；圣人之文章，亦可得而见也。

这一段话，实即引申前文之"志足而言文，情信而辞巧"所作的说明。举其文例，略有四端：第一是用简单的语言表达繁复的意思，如《春秋经》之于一句话中特用某一字以表示褒美或贬斥；《丧服经》中亦常以某一小节以概括其他细节；这便是"简言以达旨"之例。但亦有相反的，一件事或就其相关的动作或性质，而不厌其详地加以叙说：如《诗经·豳风·七月》之诗，把七八九十，月之一二三四日的事连叙至八章之多;《礼记·儒行》篇把所谓"儒者"列举出十六种特色；这便是"博文以该情"之例。此外，亦有用清楚的语句表示其肯定的意旨；亦有以象征的语法以暗示其精深的寓意；前者为"明理以主体"之例，后者是"隐义以藏用"之例。凡此繁、简、显、隐诸例，他说"征之周孔，则文有师矣"。这样征圣，所以他又说作"师乎圣"。可知《征圣》

44

篇只是证明圣人之文章作法，后面《体性》篇的详述，大抵亦即据这原则来发挥。

至于《宗经》一篇，同样亦仅为经书的价值作说明，而且其说明侧重在文章的表现及其带给后代的模范作用。他说：

三极彝训，其名曰"经"。经也者，恒久之至道，不刊之鸿教也。故象天地，效鬼神，参物序，制人纪；洞性灵之奥区，极文章之骨髓者也。……

夫易惟谈天，入神致用，故系辞称旨远辞文，言中事隐；韦编三绝，固哲人之骊渊也。

书实记言，而训诂茫昧，通乎尔雅，则文意晓然。故子夏叹书，昭昭若日月之明，离离如星辰之行，言昭灼也。

诗主言志，诂训同书，摛风裁兴，藻辞谲喻，温柔在诵，故最附深衷矣。

礼以立体，据事制范，章条纤曲，执而后显，采掇片言，莫非宝也。

春秋辨理，一字见义，五石六鹢，以详略成文；雉门两观，以先后显旨；其婉章晦志，谅以邃矣。

尚书则览文如诡，而寻理即畅；春秋则观辞立晓而访义方隐。此圣文之殊致，表里之异体也。至于根柢盘深，枝叶峻茂，辞约而旨丰，事近而喻远，是以往者虽旧，余味日新，后进追取而非晚，前修运用而未先，可谓太山遍雨，河润千里者也。

故论、说、辞、序，则易统其旨；诏、策、章、奏，则书发其源；赋、颂、歌、赞，则诗立其本；铭、诔、箴、祝，则礼统其端；纪、传、盟、檄，则春秋为根；并穷高以表树，极远以启疆，所以百家腾跃，终入环内。故禀经以制式，酌雅以富言，是即山而铸铜，煮海而为盐也。

这里从经书所涵有先民的宝贵知识，分别条陈到五经的内容怎样托着文辞以传达宝贵的知识。他以为《易经》虽说的是形而上的道理，但那深入的理念却切合于先民日用，所以《系辞传》称赞它为"旨远辞文"，句句话都说得透彻。《书经》记载的是上古语言，骤看似若难懂；但有《尔雅》这本字典，翻阅起来便觉得文意清楚，光耀得如同日月星辰。《诗经》以抒发情志为主，它的字句虽略同《书经》，但有《尔雅》之助，可以直接了解先民的风谣感兴，而体味其巧妙的造语，使人荡气回肠。《礼经》本是为人事而制定的规范，所以条理周密，倘若比并以事实，即可发现那许多规则的妙用。至于《春秋》一经，是孔子拨乱反正之书，故其判断是非，每一字都有严正的含义。其间使用或详或略，或隐或显的笔法，先后交会，义理环深。因此他极口称道："经也者，恒久之至道，不刊之鸿教也。故象天地，效鬼神，参物序，制人纪，洞性灵之奥区，极文章之骨髓者也。"

这样叹赏，衡以今情，似非过誉。因为它是中国文章的祖型或母体，世代相承，凡百文章皆由它挈乳而出。他认为后来的论说辞序之文，其分析事理是循着《易经》的写法发展起来的；其他各种公文书牍，都可以在《书经》里找到原始的形式；赋颂歌赞等有韵之文，《诗经》已为它们定下了榜样；铭诔箴祝的体例在《礼经》里便常常用到，而叙事的史传与史传所记载的盟约檄文，在《春秋》经传里都有它们的模式。所以后世的文章，品名虽似繁多，但是写来写去，终不出经书已有的范围。因此从作家方面看来，经书是他们取材不尽的文库；在经书方面看来，它却似泰山上的云层，洒下的雨点可以遍布天下；又像黄河的水，数千里的原野都靠着它灌溉。

　　如果这些不是过分夸赞之辞，则事实上当可承认：一因经书是最早传世的文章，自然占有文章之典范的地位；二因前事不忘，后事之师，不特后人举例取证，推原古始，要以它为凭借；尤其第三，文章家多数是儒者教育出来的子弟，不论其尊经的程度如何，但充满他们脑际最多的是经书语句。仅此数因，使得后出的文章受到经书严重的影响，绝不是出自空谈。更重要的是他认为经书的影响是绝对正确的，他说：

　　文能宗经，体有六义：一则情深而不诡，二则风清而不杂，三则事信而不诞，四则义直而不回，五则体约而不芜，六则文丽而不淫。

这六义不仅是他对于经书之在表情、达意、说理、记事以及修辞风格各方面所作的总评，其实亦是《文心雕龙》全书对于十代文章的评价标准。无疑的，这标准一面是他提出"文必宗经"的理由；同时他之提倡宗经，亦由于他能在经书里发现了这些标准。然而经训宏深，而他独发现其文章一面的好处者，当又为著作此书的目的是在论"文"。

（三）正纬与辨骚

不过他虽认定经书是用中国文字写作的标准型，但他没有忘记后代发展起来的文体并非一成不变的事实。因其间为语言文字随世因革的关系以及殊方异俗的互相推移，从而潜变文章的形貌。有如他在《通变》篇说的"故论文之方，譬诸草木，根干丽土而同性，臭味晞阳而异品。"这譬喻说得相当确切。同性，是其标准；异品，却亦是事实。这事实与时代关系密切，因此他写了《通变》篇，又写《时序》篇，可说是从不放过他当时对十代文章所给予的启示。唯是提到演变的事实，他感觉战国时代传下的"骚"，则是这事实发生之关键。他把屈原的作品做个严密的分析，发现其中沿袭经书的成分占有一半，另外的一半则从纬书而来。于是他检讨与经书并存的纬书，先写了《正纬》篇，然后接以《辨骚》篇。

篇名"正纬"，顾名思义，可知其主旨在于辨正纬书的内容。他认为道有阴阳，故其表现亦兼隐显两部分，显者是其现象，隐者是其神理；因神理而有此现象，故据现象可以探知神理；二者如织物之一经一纬，相须相成，所以圣人亦有这方面的垂示。他说"神道阐幽，天命微显。马龙出而大易兴，神龟见而洪范出。故系称'河出图，洛出书，圣人则之'。"这是根据古神话演成的士人常识，说伏羲因龙马负来的图画而制作八卦；黄帝东巡至洛水又见神龟负书，后来夏禹因而演为洪范九畴。这些神话，随着世代窜易，各说各话，编成种种纬（如易纬乾凿度，诗纬含神雾，礼纬稽命征之类）候（如《尚书》中候握河纪、考河命之类）钩（如《春秋》文耀钩，河图稽耀钩之类）谶（如《论语》谶、比考谶、素王受命谶之类），不但名目繁多，而所说的尤见支离怪诞，而且把成书的年代越推越远。于是他按这情形，断定纬书出于伪造，理由有四。他说：

> 纬之于经，其犹织综。丝麻不杂，布帛乃成。今，经正纬奇，倍摘千里，其伪一矣。经显，圣训也；纬隐，神教也；圣训宜广，神教宜约，而今纬多于经，神理更繁，其伪二矣。有命自天，乃称符谶，而八十一篇，皆托于孔子，则是尧造绿图，昌（文王）制丹书，其伪三矣。商周以前，图箓频见，春秋之末，群经方备，先纬后经，体乖织综，其伪四矣。

接着他相信上古确有图箓符命之文，但孔子不谈天命，所以偶有著录亦未阐扬，于是"伎数之士，附以诡术，或说阴阳，或序灾异",乃至神话连篇。依此情形看来,则这些神话之中,本有先出后增者在;先出的,因传世久远,又未得圣贤校订,故所残存者真相如何已甚可疑,加以方术之士各逞臆说,夸大其词,不特使真相淆混,而真的亦可疑是假的了。

《文心雕龙》作者对于纬书保持着这样的保留态度,因而,最后制定其实用价值时,则认为与其把神话当作历史的事实,从中摄取其宝贵的教训,不如当它是作文的材料,欣赏先民丰富的想象。而且事实亦确然如此,后代的作家就常常透过这些想象以构造他们的作品。所以他正纬之后却说:"若乃羲农轩皞之源,山渎钟律之要,白鱼赤乌之符,黄银紫玉之瑞,事丰奇伟,辞富膏腴,无益经典,而有助文章。"这里所谓"羲农轩皞",是指那些托言三皇五帝的神话,而以庖羲、神农、轩辕黄帝及少皞为代表。山渎,是山岳河渎的古记;钟律是兼时令测候之书。白鱼赤乌是周武王渡河伐纣的神话,黄银紫玉是明王圣世的符谶(前者司马迁曾采入《周本纪》,后者但见礼纬斗威仪)。如同庾信《羽调曲》云"山无藏于紫玉,地不爱于黄银",亦可作他说的"后来辞人,摭其英华"之一例了。

最后,他在《正纬》的赞语中提出结论说:"荣河温洛,是孕图纬。神宝藏用,理隐文贵。世历二汉,朱紫腾沸。芟夷诡谲,采其雕蔚。"据这结论,以他那样尊重经书的人,仍能兼顾上古神话的文学价值,而又不陷于当时一般人的迷信,不能不说是特具眼力的。

其次，如同他对神话的容许一样，站在文学创作的立场，他极其尊崇屈原，说他是古诗人匿迹销声之后，以其杰出的作品，崛起于百代作家之前。屈原的作品不仅使古诗人的作业重获生命，抑且是"衣被词人，非一代也"。因此，由前古的文章转变为后世的文章，屈原的作品便具有扭转的作用，而由诗变骚，由短章变为长句，促使两汉辞赋之体大兴于时。辞赋为文的方法，经魏晋南北朝又深深渗入其他各种文章的制作，这又不仅表示文学作品的形式受到严重的影响，而后之作家对于文学的观念乃至构辞造语的方法亦受到相当的启迪，因而扩充了整个诗的境域。

关于这种文体转变的契机，《辨骚》篇先就屈原宋玉一伙作家的篇章作了如下的分析，他说：

将核其论，必征言焉；故其陈尧舜之耿介，称禹汤之祗敬，典诰之体也；讥桀纣之猖披，伤羿浇之颠陨，规讽之旨也；虬龙以喻君子，云蜺以譬谗邪，比兴之义也；每一顾而掩涕，叹君门之九重，忠怨之辞也；观兹四事，同于风雅者也。

至于托云龙，说迂怪，驾丰隆求宓妃，凭鸩鸟媒娀女，诡异之辞也；康回倾地，夷羿毙日，木夫九首，土伯三目，谲怪之谈也；依彭咸之遗则，从子胥以自适，狷狭之志也；士女杂坐，乱而不分，指以为乐，娱酒不废，沉湎日夜，举以为欢，荒淫之意也；摘此四事，异乎经典者也。故论其典诰则如彼，夸其夸诞则如此；固知楚辞者，体宪于三代，而风杂于战国，乃雅颂之博徒，而辞赋之英杰也。

由于这些分析，可以知雅颂转化为辞赋之关键，亦即上古一般文学拓展出纯文学一条路线的枢纽。所谓典诰之体，规讽之旨，比兴之义，忠怨之辞，其目的皆切近事实。到了楚辞就扩张比兴的宗旨而趋向于夸饰，而且不惜采取神话以寄托其情志，事既无实，语多荒诞，除了满足人们趣味之感以外，距离实用的目的就很远了。他所举的例证，如"吾令丰隆（云雷之神）乘云兮，求宓妃（洛水之神）之所在""望瑶台之偃蹇兮，见有娀之佚女，吾令鸩鸟为媒兮，鸩告余以不好""忽反顾以流涕兮，哀高丘之无女"是《离骚》之文；"岂不郁陶而思君兮，君之门以九重"（文选列于宋玉《九辩》），"康回凭怒，地何故以东南倾？""羿焉彃日？乌焉解羽"（见《天问》），"一夫九首，拔木九千""土伯九约，其角觺觺"（音疑，锐利之状，见《招魂》），"愿依彭咸之遗则"（彭咸殷臣愤嫉投水者，此语见《离骚》），"从子胥以自适"（此语见《橘颂》），"士女杂坐，乱而不分""娱酒不废，沉湎日夜"（并出《招魂》篇）。

他就楚辞里屈原、宋玉一流的作品，分析其中既有承继三王的传统，又吸收了旁出的怪谈，混合典诰雅颂与神话传说以抒写其情志，就等于结合了经书的教训与纬书的臆说来创作崭新的文章。于是总评云：

52

观其骨鲠所树，肌肤所附，虽取镕经旨，亦自铸纬辞（纬辞二字据唐写本与"经旨"对文）。故骚经九章，朗丽以哀志；九歌九辩，绮靡以伤情；远游天问，瑰诡而慧巧；招魂大招，耀艳而采华；卜居标放言之致；渔父寄独往之才；故能气往铄古，辞来切今，惊采绝艳，难与并能矣。

这总评中，虽采用的资料是否全出屈原之手，后人或尚有所疑议，然而对这些作品的夸赞，古今却没异辞。尤其以丰富的想象发为膏腴的言辞，可补经典的偏枯，正赖这天才作家完成其集文章大成的典范，点点滴滴，并足以沾溉后代的文人。他说汉代的枚乘、枚皋、贾谊承其遗风而使文章变得更美；司马相如、扬雄循这倾向而使文章写得更奇。屈原的作业不特覆盖了世世代代的词人，其作品还适合上中下三等之人而为老老少少各有所得的恩物，正似"才高者，菀其鸿裁；中巧者，猎其艳辞；吟讽者，衔其山川；童蒙者，拾其香草。"这又是它之所以不朽而能拥有广大读者的原因了。像这样典范作家作品出现于中国文学史，说它是"……变乎骚，文之枢纽，亦云极矣"该是可谅解的意见。

三、作品的分类讨论

（一）讨论的范围与方法

《文心雕龙》自第六篇《明诗》起至第二十五篇《书记》止，是作者就其所看到将近两千年，包括九个朝代的作家作品，并依前人使用过的作品个别名称加以分类而一一提出讨论。他亦明知这种分类工作十分困难，有如他在《总术》篇所表示的："昔陆氏《文赋》，泛论纤悉，而实体未该；故知九变之贯匪穷，知言之选难备矣。"亦即是说：陆机的《文赋》，讨论的"问题"已甚细密，独对文章分类总括为十体，是不够的。由是可知经历了九个朝代之文章演变的事实是无穷尽的，要从中选定标准的文章实在是难以周全。不过话虽这样说，他仍旧依据当时人的常识，先把文章分成两个门类，那就是同一篇所载："今之常言，有文有笔。以为无韵者，笔也；有韵者，文也。"尽管他对这样的区分并不十分满意，但为便利于进行讨论，终仍就此来个论"文"叙"笔"的篇目。属于文的，他写《明诗》至《谐隐》等十篇；又从《史传》至《书记》等十篇，则以属于"笔"，而每篇都在讨论一种或一种以上与这种文章相关的事。虽然讨论的方法，在其叙述过程不是像填写表格一样可以分栏提示，但却有其固定的论点。这些论点，亦即他在《序志》篇说明的：第一是"原始以表末"，第

54

二是"释名以章义"，第三是"选文以定篇"，第四是"敷理以举统"。

就这四点看来：第一要讨论的是这一种文章的发生及其演变成他当时所看到的情形。这是很重要的一点。因为文章的内容决定它的形式，最初为着某种内容（包括作家的思想与感情）而写成适合于内容表达的形式。尽管后来内容有所扩充，因而侵蚀了原来的形式，但他须"振枝以寻根，观澜而索源"，找出所以产生这种文章的原始状态，作为认定那是某一类"文章"的根据。这根据，亦即是后面"选文以定篇"与"敷理以举统"论点的凭借之一。

第二要讨论的是这种文章的类名。本来，"名"的成立，有如荀子所说的"散名之加于万物者，则从诸夏之成俗曲期。"但是，总括说来，"名"的成立虽有沿用古代的习称，有从后来约定俗成的习称，其实，后者更是成"名"的基础，因为古之名，其本亦是由古人约定俗成而后得的。"名"为语言的重要原料，其构造是由于命题的活动；不过这活动必有其与人共通的，亦即公认的理由，然后乃得此"名"之"实"。有如"纬书"，共知其依经起义，则闻名可得其实；至于纬书中的"含神雾""钩命诀"等名，因其未尽通行，仍是有"名"而未必人人皆知其"实"了。为着这种共通的条件，所以凡"名"都带有历史的包袱；又正为着这些包袱，所以凡"名"皆可用"训故"的方法为之解释。训故者，即是推索当时如此命名的理由。知其理由，亦即知"名"

之实。所谓"释名以章义",是要从探索其得名之理由,以与"原始以表末"的事实相配合,作为文章分类的根据。有此根据,然后乃有"选文以定篇"与"敷理以举统"的可能。

第三要讨论的是"选文以定篇"。由于有了上述两个论点的支持,而按照其事之发生与得名的理由作为标准,凡是合乎同一标准的历代作家作品,选择其最具代表性者加以评价,充为某一种文章的典范之作。可惜的是,他选出的那些代表作,经过长久岁月之后,至今并没有全部流传下来;但有一点,因他的文学观与萧统很接近,所以这位昭明太子编纂的《文选》,还保存若干由他"选文以定篇"的文章,其余就得靠唐人编的《艺文类聚》《古文苑》,以及一些类书偶尔引述的零星材料了。不过,倘就这种情形来推看,《昭明文选》之得以流传不废,多少亦靠《文心雕龙》所发挥的文学论之暗中相助。除了古文家不满意这"六朝小儿"的作业之外,大抵重视《昭明文选》的,亦皆服膺《文心雕龙》的理论。这虽是题外的话,但亦可供参考。

第四便是综合以上的论点,从中抽绎各种文章应如何写作的原则,即是他说的"敷理以举统"了。敷理,当然是根据第一、第二论点所提出的理由,再把这理由印证于其所选取的代表作。尽管因作家的时代、个性各有差异,然而在名实相勘察之下,仍可有其某一传统性存于其间。他认为这点传统性,是基于作家写作的动机与目的,以及文章作为人际关系的媒介等原因,纵使它的形式有多少变样,但其实质仍相当固定。如同人们之流连哀思不会写成章表奏议的样子，即使政体改变，公文书减少尊卑上下之分，但亦不会用诗赋的形式来议论世事。这里面的分限，至今犹是；当然，在写作《文心雕龙》的当时，更是有"统"可举了。

虽则如此，但他在论文叙笔的每一篇中，于敷理以举统之外，实际亦注意到文章内容与形式互相侵越的事实。这事实的存在，用"传统"的眼光看来，他认为那只是偶然的演变，并没有影响大体，但为了叙论的细密，仍然在每一篇里提到。其中，尤以《诗歌》与《乐府》分类的义界，使他亦有一点说不清的头绪，姑留待后述；这里先引《颂赞》以下几种文体互相交涉的情形如下。

《颂赞》篇，他说颂文：

至于班（固）傅（毅）之北征西征，变为"序""引"。马融之广成上林，雅而似"赋"。

又说：

原夫颂唯典雅，辞必清铄，敷写似"赋"，而不入华侈之区；敬慎如"铭"，而异乎规戒之域。

这都是说"颂"类的文章很容易变作序、引、赋、铭之类。

关于赞者，他说：

迁史（《史记》）固书（《汉书》），托"赞"褒贬，约文以总录，颂体而论辞；又纪传后"评"，亦同其名，而仲治（挚虞）流别，谬称为"述"，失之远矣。

然则赞之一体，既似"总录""后评"，又可名之为"述"了。

《祝盟》篇说祝文：

若乃礼之祭祝，事止告飨；而中代祭文，兼赞言行。祭而兼"赞"，盖引伸而作也。又汉代山陵，哀册流文；周丧戚姬，内史执策。然则"策"本书赠，因哀而为文也，是以义同于"诔"，而文实告神。"诔"首而"哀"末，"颂"体而"祝"仪，太史所读之"赞"，固周之祝文也。

以是而言，则祝文实与策文、赞文、诔文、颂文甚至哀辞诸体，时相混同了。

《诔碑》篇，他说诔文：

诔之为制，盖选言录行，"传"体而"颂"文，荣始而哀终，论其人也，暧乎若可觌；道其哀也，凄焉如可伤。

又说碑文：

夫碑实"铭"器，"铭"实"碑"文。因器立名，事先于"诔"，是以勒石赞勋者，入"铭"之域；树碑述亡，同"诔"之区焉。

据此一说，则所谓碑诔之体，其名其实又与传文铭文纠缠不清了。

《哀吊》篇，他说哀辞：

建安哀辞，惟伟长（徐幹）差善，行女一篇，时有恻怛。及潘岳继作，实钟其美：观其虑赡辞变，情洞悲苦，叙事如"传"，结言摹"诗"，促节四言，鲜有缓句。

又说吊文：

吊虽古义，而华辞未造；华过韵缓，则化而为"赋"。

故云"相如之吊二世，全为赋体"，以之为例，则哀吊之文，又与传文、诗、赋，难解难分了。

铭箴之文，他已说明：

战代以来，弃德务功，铭辞代兴，箴文萎绝。

又说：

> 矢言之道盖阙，庸器之制久沦，所以箴铭寡用，罕施后代。

而所谓罕施后代，实即因此种文体已渐为他种文章所替代。倘从其可替代的性质推之，又可知其名实之义界是没有一定的，人们随兴在砚盒书橱题上几句话，亦等是箴或铭了。此外，无韵之笔，既脱掉韵脚的拘制，形式自由，有如说话，除了应用的范围，表达的对象，以及说话的分寸有所不同之外，其互相交涉的机会就更为普遍；如同章表诏策之文，可编为史传的材料，而史传之文又可为论说的根据之类，这里就不再多述了。

但就上面引述的情形看来，文章的分类，要验以实存的作家作品，而能区划得一清二白，实为十分困难的事。《文心雕龙》论文叙笔诸篇附带有这些说明，是作者用心周到之处。倘或谅解他的这点用心，则其沿用前人用过的文体名称，而一一加以讨论，在诸篇名之列举上，可不必说它太笼统或太琐碎了。这里就依照其"论文叙笔"部分安排的顺序，探视他所提示的观点。

（二）诗与乐府

《文心雕龙》把诗与乐府分作《明诗》《乐府》二篇，然后接之以《诠赋》篇。倘从"原始以表末"的论点来看，三者实同出于一源，那就是"诗"；但因一部分的诗与音乐相结托，成为乐府；一部分为士大夫所专据，乃侈大其体，成为骚、赋。关于这点意思，他虽没有明白地揭发，但看这三篇的叙述，却甚显然。他在《明诗》篇讲到诗的原始，说：

> 人禀七情，应物斯感，感物吟志，莫非自然。昔，葛天乐辞，玄鸟在曲；黄帝云门，理不空弦。

这就从诗之出于"自然之道"，及其见于传说，最早的诗所以异于其他语言表现者，即因其含有音乐性。所以他根据传说，把原始的诗推及于葛天氏的乐辞。这乐辞，据《吕氏春秋·古乐》篇的记载是"昔葛天氏之乐，三人操牛尾，投足以歌八阕：一曰载民，二曰玄鸟，三曰遂草木，四曰奋五谷，五曰敬天常，六曰建帝功，七曰依地德，八曰总禽兽之极。"不管这记载之真实性如何，但据这些歌名，便可想而知其为先民从狩猎生活进至农耕时代的歌。《明诗》篇开头引用《尚书·舜典》的"诗言志，歌永言"两句话，即已表明诗、歌是一体之两面，所以《明诗》篇说到诗之发展云"至尧，有大唐之歌，舜造南风之诗"即兼诗歌为名。因其可吟可唱，撇开其抒发性灵（言志）一面的作用，剩下的实体只是一种声乐（永言）。这种声乐，有的经过孔子的选录，成为文字的记载，于是文字记载的诗与原来的声乐分途发展。前者，因文字为士大夫的专利，而且有形迹可以流传久远，故历代的士大夫据其声形，转相模造，遂成为所谓"诗"的系统。他在《明诗》篇叙述这个系统的演进的情形，说：

自商暨周，雅颂圆备，四始彪炳，六义环深。子夏监绚素之章；子贡悟琢磨之句。故商（子夏）赐（子贡）二子，可与言诗。自王泽殄竭，风人辍采，《春秋》观志，讽诵旧章，酬酢以为宾荣，吐纳而成身文。逮楚国（屈原）讽怨，则《离骚》为刺；秦皇灭典（焚书），亦造仙诗。汉初四言，韦孟首唱；匡谏之义，继轨周人。孝武（汉武帝）爱文，柏梁列韵，严（助）马（司马相如）之徒，属词无方，至成帝品录（据汉书艺文志言汉成帝时刘向校录诗赋），三百余篇。朝章国采，亦云周备。而辞人遗翰，莫见五言，所以李陵、班婕妤（之诗）见疑于后代也。按：《召南·行露》（之诗），始肇半章；孺子《沧浪》（之歌），亦有全曲。《暇豫》优歌，远见《春秋》（见《国语·晋语》）；《邪径》童谣，近在成世（见《汉书·五行志》，成帝时童谣曰：邪径败良田）；阅时取证，则五言久矣。又古诗佳丽，或称枚叔；其《孤竹》一篇，则傅毅之词；比采而推，两汉之作乎！……至于张衡怨篇，清典可味；《仙诗》《缓歌》，雅有新声。暨建安之初，五言腾踊，文帝（曹丕）陈思（曹植），纵辔以骋节，王（粲）徐（幹）应（玚）刘（桢），望路而争驱。……及正始（240—248）明“道”，诗杂仙心；何晏之徒，率多浮浅。惟嵇（康）志清峻，阮（籍）旨遥深，故能标焉。……晋世群才，稍入轻绮，张（载）潘（岳）左（思）陆（机），比肩诗衢，采缛于正始，力柔于建安，或析文以为妙，或流靡以自妍，此其大略也。江左（东晋）篇制，溺

62

平玄风，嗤笑徇务之志，崇盛忘机之谈，袁（宏）孙（绰）已下，虽各有雕采，而辞趣一揆，莫与争雄，所以景纯（郭璞）仙篇，挺拔而为俊矣。宋初文咏，体有因革，庄老告退，而山水（诗）方滋。俪采百字之偶，争价一句之奇，情必极貌以写物，辞必穷力而追新，此近世之所竞也。

这里，他概略地叙述自商周迄于他生存的时代，从"原始以表末"之中，亦作"选文以定篇"的论述。可注意的是原始部分，所谓诗者亦谓之歌，并且民间的歌谣亦参与诗坛之列；但是越到后来，有名有姓的作家辈出，从四言诗至五言诗之隆盛，就全是士大夫的作品了。直到后世，都是士大夫统领诗坛。这样同源异派的发展，当是他把《明诗》与《乐府》分题讨论的原因之一。

其次，乐府本应专就声乐的发展来看，声乐是侧重在音乐性的要求，所以他在《乐府》篇的开头便截取《舜典》的下面二句，以"声依永，律和声"为乐府的原则。至于说到乐府的原始，仍然根据"葛天八阕"，接着则说是"匹夫庶妇，讴吟土风，诗官采言，乐胥被律，志感丝篁，气变金石。"如果"乐府"与"诗"真有所区别，应在"乐胥被律"这一点上。因为诗与乐府的原始，都不过是匹夫庶妇讴吟的土风。这些土风，一边被"诗官"采录其言辞，如《诗经》之所记载；一边则是"乐胥"依其声调编成乐谱，而应用于娱乐鬼神、王公、宾客的行为上。这样分途之后，乐胥与诗人各自独特进展，倘依《乐府》篇的区别，他说："诗为乐心，声为乐体。乐体在声，瞽师务调其器；乐心在诗，君子宜正其文。"因而真正与"文"相关的是君子（士大夫）所分据的乐心方面；至于乐体，则应属音乐部门了。然而困难的乃在音乐部门亦杂有歌辞，而这歌辞之记录成为文字，因受乐律的影响不免亦稍变其形式，后来文人却又采用这形式来抒写其诗情，成为"乐府诗"一类，便与文章发生直接的关联了。《文心雕龙》作者，站在论"文"的立场，所以他所讨论的乐府，便有些夹缠不清，按其主要原因，当在同"名"异"实"的东西未就"事实"上做个了断，所以还得为曹植、陆机之"拟乐府"诗辩护，而说："子建士衡，咸有佳篇，并无诏伶人，故事谢丝管，俗称乖调，盖未思也。"其实曹植、陆机只是借用乐府旧题来写自己的新诗，他们既不专为乐胥制词，当然亦可不受乐律的限制。这是不辩自明的事，但因其偏于文辞的注视，所以言"乐府"仍主于乐府之辞，正如他在篇中表示的"好乐无荒，晋风所以称远；伊其相谑，郑国所以云亡。故知季札观乐，不直听声而已。"这对于乐府的看法，是表示很清楚的。他以《左传·襄公二十九年》所载吴公子季札听乐的故事，证明听"乐"亦是听"诗"，果真如此，则《乐府》篇只是《明诗》篇的旁出。二者关系如此，故其叙述乐府的进展，几乎亦是士大夫的作品，如其所说的：

　　自雅声浸微，溺音腾沸。秦燔乐经，汉初绍复：制氏记其铿锵，叔孙定其容与；于是，《武德》兴乎高祖，《四时》广于孝文，虽摹《韶》《夏》，而颇袭秦旧，中和之响，阒其不还。暨武帝崇礼，始立乐府，总赵代之音，撮齐楚之气，延年（李延年）以曼声协律，朱（买臣）马（司马相如）以骚体制歌，《桂华》杂曲，丽而不经；《赤雁》群篇，靡而非典……至宣帝雅诗，颇效《鹿鸣》，迩及元成，稍广淫乐。正音乖俗，其难也如此！暨后汉郊庙，惟杂雅章，辞虽典文，而律非夔旷。至魏之三祖（曹操、曹丕、曹叡），气爽才丽，宰割辞调，音靡节平。观其《北上》众引，《秋风》列篇，或述酣宴，或伤羁戍，志不出于滔荡，辞不离于哀思，虽三调之正声，实韶夏之郑曲也。逮于晋世，则傅玄晓音，创定雅歌，以咏祖宗；张华新篇，亦充庭万。然杜夔调律，音奏舒雅；荀勖改悬，声节哀急，故阮咸讥其离声，后人验其铜尺，和乐之精妙，固表里而相资矣。

他在这里所叙述的，并亦兼作评论，所选的乐府歌辞，虽以其文辞与乐调并言，但偏于历代士大夫的制作。如果乐府来源出自民间的讴吟，似乎亦须顾及当时流传的吴歌西曲。不特那些歌曲之前身曾被影写成为诗人的佳篇，即在他的时代亦有许多士大夫仿造乐府，而他仅用三代雅乐的尺度，衡量一些宫廷使用乐声，不免有所偏执。加以师圣体经的基本精神，认为"乐本心术，故响浃肌髓，先王慎焉，务塞淫滥"。然而实际所看到乐府的演变，却是"俗听飞驰，职竞新异；雅咏温恭，必欠伸鱼睨；奇辞切至，则拊髀雀跃"，于是"诗声俱郑，自此阶矣"。揆他不叙俗曲的原因，或即在此。

因为他在《乐府》篇所作的"释名以章义"，仅引《舜典》的"声依永，律和声"六个字；其实六个字只说明了"乐"的含义，还不及他在下文说的"故知：诗为乐心，声为乐体"。又说，"凡乐辞曰诗，咏声曰歌"。又说，"昔子政品文，诗与歌别，故略具乐篇，以标区界"。这几句话，在"释名以章义"的论点上更是明白。不过，据刘向（子政）"诗与歌别"，那只是就诗与乐分途以后，二者有较不同的趋向而言，倘从其原始情形看来，乐府却维持着更多原状，是乐辞与咏声合一；只是后来的文人士大夫专注于乐辞方面，又以此为"诗"为"赋"，乃发生较大的区别。《文心雕龙》讨论乐府，亦讨论声律，但他的主要目标乃是论"文"，论"积句成章"的文章。故其《声律》篇所言的"声律"是文章的声律，而在《乐府》篇所着重亦是这样，所言的是乐府文章，亦即"乐辞"。他既称"乐辞曰诗"又说"诗为乐心"，按其本意，则《乐府》篇只是《明诗》篇的延长。亦即：从历史的事实上看：诗是歌的变种；但从论文的观点上看，诗却是声歌的灵魂——乐心。这点用意，当然亦关系于《文心雕龙》作者不是"乐胥"而是"文士"的缘故。

他在《总术》篇说到"夫文以足言，理兼诗书，别目（文、笔）两名，自近代耳"。倘若参取这语气，则其论"文"叙"笔"，不过是迁就近代的习惯来定名，其实文章之理，不外"诗"与"书"二者而已。所以他论"文"，必以"明诗"居首，以为后来凡百有韵的文辞，其原理原则都可与诗的原理原则相通，亦即把诗视为最纯粹的用以足言之"文"。

然而"诗"的名义，他在《明诗》篇的"释名以章义"与"敷理以举统"两个论点上，却有这样的说明。关于前者，他说："诗者，持也，持人情性；三百之蔽，义归无邪，'持'之为训，有符焉尔。"这几句里有些奇怪的事：一是他以诗为"持"，据唐朝人的说法（《毛诗正义》）诗有三义，一"诗者志也"，二"诗者承也"，三"诗者持也"；而以"持"为训的是出于纬书"含神雾"。《文心雕龙》作者对纬书本无太大的好感，此处独有取其遗说，大概以为此说含有较为积极的意义。其次，《论语·为政》篇有"子曰：诗三百，一言以蔽之，曰思无邪"。这样的语法，被他一变，成为"三百之蔽，义归无邪"。蔽字，前人解释为"塞"为"当"，都是动词，而他则作为名词，就显得更为肯定。他用积极而肯定的意义来表彰诗的作用，是思无邪；无邪便是"正"。

不过，这个"正"的意思，仍须从他"选文以定篇"之后所揭示"敷理以举统"的几句话加以印证。他在《明诗》篇末后说："故铺观列代，而情变之数可鉴；撮举同异，而纲领之要可明矣。若夫四言正体，则雅润为本；五言流调，则清丽居宗；华实异用，唯才所安。"如果这里所敷之理是据诗的定义而来，则"唯才所安"便是"正"。所思在此，所言亦恰在此。这是文以足言的基本要求，亦即与他在《征圣》篇提出的"辨物正言，断辞则备""辞尚体要，不惟好异"的原则一致了。

（三）诗之变种——赋

《文心雕龙》论"文"部分，紧接《乐府》篇之下是《诠赋》《颂赞》二篇。就这二篇发端的说明看来，可知二者与乐府一样，都是直接与"诗"有关系的。尤其从《诗经》的旧说言之："赋"是诗的"六义"之一，而"颂"则为诗之"四始"之极。不过，除了"六义""四始"旧说之外，实际上在诗歌演变的历史中，赋与诗还可说同是原始歌谣的变种，同是由文人士大夫一手培育起来，因亦可视为文人士大夫专利的文学作品。

《诠赋》篇开头说："诗有六义，其二曰赋。赋者，铺也；铺采摘文，体物写志也。"这是作者"释名以章义"之语。因据《毛诗序》，说诗有兴、赋、比、风、雅、颂六义，他便把其中的"赋"挖出与战国以来之称为"赋"的文章相捏合，作为"释名以章义"的交代。然而这样捏合，显得有些牵强。倘据唐人疏解六义，说兴赋比，只是写诗的方法；而风雅颂，才是诗作品的种类。《诠赋》篇把方法名称混为种类名称，似乎对于《毛诗序》有所误会。实则不然，因他所知道的似乎比唐人更清楚。这事，只要看到他后面写的《比兴》篇就可以明白。他不以"比兴"为文章类名，这里亦仅借"赋"的表达方法，作为说明这一类文章的意义之一。接着他又说，"昔召公称：公卿献诗，师箴，瞍赋。传云：登高能赋，可为大夫。"这里又连用两个"赋"字，前者据《国语·周语》上篇之文，平列以观，"赋"与"诗""箴"并言，似为不同的文类；但据韦昭注解云："无眸子曰瞍，赋公卿列士所献之诗。"如果这解释不错，则这"赋"字，当与《周语》本文下面所载"蒙诵"之"诵"一样，是一种扬声宣读的方式。质以《诠赋》篇下文引班固的话语，"不歌而诵谓之赋"又曰"古诗之流也"，便可证明《文心雕龙》作者是同意韦昭的解释，"赋"近于"诵"，而不是"歌"，来说明这一类文章的意义之二。其次，他大概又据《毛诗·鄘风》"定之方中"一诗的传文，说是一个士人能制作九种文章，便有资格为大夫。九种之中，"升高能赋"即居其一。他引用此例，而称曰"赋"，仍只是"铺采摛文，体物写志"的写作能力，为这一类文章的意义之三，而与真正属于这一类的作品之出现无关。如果根据《诠赋》篇所作以上详细的"释名以章义"，可以了解"赋"，第一，是从诗的描写方法发展而来；第二，虽亦讽诵但不受固定的乐律限制；第三，更重要的，那必须是受过相当文学修养的人之作业。亦即是士大夫从书本文字中制造出比诗更自由的形式，因而可以描写更多的事物，抒发更复杂的情志。

然而如何会发展成这样的一种文章，而它的发展情形又是如何？他接着即就这种文章作"原始以表末"的叙述，说：

至如郑庄之赋"大隧"，士蒍之赋"狐裘"，结言短韵，词自己作，虽合赋体，明而未融。及灵均唱骚，始广声貌。然则，赋也者，受命于诗人，而拓宇于楚辞也。于是荀况《礼》《智》，宋

69

玉《风》《钓》，爰锡名号，与诗画境，六义附庸，蔚成大国。述客主以首引，极声貌以穷文。斯盖别"诗"之原始，命"赋"之厥初也。

这一段话，他先引《左传·隐公元年》所载郑庄公与他母亲吵架，竟赌咒说"不及黄泉无相见也"，后来要和好，经颍考叔设计凿个隧道以当"黄泉"，于是母子在隧道欢然相见，因而赋出"其乐融融""其乐泄泄"之事。其次引《左传·僖公五年》记载士蒍夹在晋侯父子兄弟的权力冲突之间，做起事来，左右都不讨好，因而赋曰"狐裘龙茸（音彭戎，毛茸茸的样子），一国三公，吾谁适从"。其实这种赋，都只是临时宣泄感情的短语，并不就是赋体的文章；要说它能成为文章巨构的，就只有屈原的《离骚》了。他因有极复杂的感情，表现为极生动的描写，使上一代的诗歌大变其体质。后人或模仿其体制，或偷袭其造语，或推广其景物描写，如宋玉制作《风赋》《钓赋》等，才始正式安上这样的名称。因此，他清楚地指出，"赋"本是诗的后裔，因楚辞而扩大了描写范围，所以由"六义"之附庸，变成重要的文体。现在如或依照其叙述看来，则他在《辨骚》篇说的"变乎骚"之后，"衣被词人，非一代也"的意见，又可得到一些切实的了解了。

至于由骚而赋，如何衣被词人，他在《诠赋》篇更作"原始以表末"的陈述：

秦世不文，颇有杂赋。汉初词人，循流而作：陆贾扣其端，贾谊振其绪，枚马（枚乘、司马相如）播其风，王扬（王褒、扬雄）骋其势，皋朔（枚皋、东方朔）已下，品物毕图；繁积于宣（汉宣帝）时，校阅于成（汉成帝）世，进御之赋，千有余首。讨其源流，信兴楚而盛汉矣。若夫京殿苑猎，述行序志，并体国经野，义尚光大……至于草区禽旅，庶品杂类，则触兴致情，因变取会，拟诸形容，则言务纤密；象其物宜，则理贵侧附。斯又小制之区畛，奇巧之机要也。

这里叙自秦汉以来正式以"赋"为名的文章，其发展从大篇进至小制，其中历举陆贾、贾谊、枚乘、司马相如、王褒、扬雄、枚皋、东方朔等作家。他们或则描写宫殿园苑之雄伟侈丽，或则描写畋猎之勇猛活跃；从中寄托其崇俭爱民的讽喻。这种大篇，往往使用主人与客人的对话，尽量夸张其说辞，所谓"述客主以首引，极声貌以穷文"，然而立意都是光明正大，以体国经野为宗旨。但亦有短篇小制，专门描写"草区禽旅，庶品杂类"等小事物，如汉成帝时刘向父子辑赋千余篇，班固转载之于《汉书·艺文志》的，犹有"新器械草木赋三十三篇""杂禽兽六畜昆虫赋十八篇"，其细目见于后人引称的，从弋雁、文鹿，小至屏风、洞箫，皆成为题材。因其对象既小，而刻画转精，环譬取喻，使描写的方法日趋于注意典故的填塞，反与一般人的生活脱离，成为文士大夫之专业，而其转掇亦极于此。像这样的文章，他的

《诠赋》篇在"选文以定篇"时说：

> 观夫荀结隐语，事数自环；宋发巧谈，实始淫丽。枚乘《菟园》，举要以会新；相如《上林》，繁类以成艳；贾谊《鵩鸟》，致辩于情理；子渊《洞箫》，穷变于声貌；孟坚《两都》，明绚以雅赡；张衡《二京》，迅发以宏富；子云（扬雄）《甘泉》，构深伟之风；延寿（王延寿）《灵光》，含飞动之势；凡此十家，并辞赋之英杰也。及仲宣（王粲）靡密，发篇必遒；伟长（徐幹）博通，时逢壮采；太冲（左思）、安仁（潘岳），策勋于鸿规；士衡（陆机）、子安（成公绥），底绩于流制；景纯（郭璞）绮巧，缛理有余，彦伯（袁宏）梗概，情韵不匮；亦魏晋之赋首也。

这一段从荀卿、宋玉说起，列举两汉十大赋家的名篇，恰与萧统的看法相同，这些名篇亦都收在《昭明文选》里；至于魏晋以下，他列王粲、徐幹、左思、潘岳、陆机、成公绥、郭璞、袁宏；其中除袁宏外，其他诸人的作品亦都可在《文选》里找到。最后，他透过这许多作品的验证，以抽绎其中的原理原则作为"敷理以举统"的说明，他说：

> 原夫登高之旨，盖睹物兴情。情以物兴，故义必明雅；物以情观，故词必巧丽。丽词雅义，符采相胜，如组织之品朱紫，画绘之著玄黄，文虽杂而有质，色虽糅而有本，此立赋之大体也。

这里所谓"登高之旨",是他把前面说的"登高能赋",借其两字作为"赋"的代称,这是六朝人避免字面重复而常用的手法,不足为异;但以"赋"出于"睹物兴情"就与他在《明诗》篇说的"感物吟志"的诗,几乎一样了。这样的观点,不仅由于他探索源流而得,而且"诗赋"连言,亦是西汉以来的常用语。不过,曹丕论文,惟称"诗赋欲丽";而他则于巧丽之外,另添"义必明雅"的注意;葛洪引司马相如论赋,要"合纂组以成文,列锦绣以为质"。而他于纂组锦绣之外,另立"质""本"二义,就又有异于前人了。简言之,他以为赋是"情以物兴"而"物以情观"的,故摛文写物,"情"乃是它的本质。当然,这里所谓"情",当是包括作家的感情与思想而言的。

(四)颂与赞

其次说到《颂赞》篇,他首先把"颂"依《毛诗序》的安排,以合于《诗经》之四始。据此,则颂亦为诗的一体了。所不同的,只是这种文章不是为着活人而是为着鬼神而作。所以他说:"风雅序'人',故事兼变正;颂主告'神',故义必纯美。'鲁'以公旦次编,"商"以前王追录,斯乃宗庙之正歌,非燕飨之常咏也。《时迈》一篇,周公所制,哲人之颂,规式存焉。"这算是从"颂"之原始说起:《诗经》中始见周颂、鲁颂、商颂之名。周人灭商,以商之遗民安顿于宋地,其后人录其先人传说,作颂称美,故曰

"商，以前王追录"。至于鲁颂，则因周公旦有勋劳于天下，鲁国后人亦同此颂美之，孔子特以其颂词编次于《周颂》之后，故曰"鲁，以公旦次编"。依他看来，这都不是最原始的颂，只有周颂中《时迈》一篇是为周公而作，最具典型，且亦可明知其为"宗庙之正歌"。他如此论定"颂"之原始型质，固然不同于国风大小雅，但是否可通于后世用于宗庙的乐府歌辞以及一些性质相等的祝文？或因《乐府》篇已提到"后汉郊庙，惟杂雅章"，《祝盟》篇亦提到"寅虔于神祇，严恭于宗庙也"，所以此处不再牵涉进去。但他却注意到另有一种口头之"诵"，后来亦得有"颂"名，使得这个名词的含义就复杂多了。他说：

夫民各有心，勿壅惟口。晋舆之称"原田"，鲁民之刺"裒鞞"，直言不咏，短辞之讽，丘明子高，并谓为"颂"，斯则野诵之变题，浸被乎人事矣；及三闾橘颂，情采芬芳，比类寓意，又覃及细物矣。

这里引用"晋舆之称原田"，其事见载于《左传·僖公二十八年》，晋文公与诸侯拒楚，因楚于己有旧恩，不欲战。今本《左传》于此载云："听舆人之诵曰：原田每每，舍其旧而新是谋。"是则左丘明并不以诵为"颂"。"鲁民之刺裒鞞"黄侃札记亦引孔丛子陈王义篇，子顺言鲁人之诵为解。子顺既非子高，而诵亦不谓之"颂"。这就不无疑义了。不过，旧籍文字，传写多讹，亦难

74

断定《文心雕龙》所据者必有错误。倘若颂之名称，真是经过这样胡乱使用，便要造成"名"同而"实"异的变体了。这一变，是从鬼神身上转到人的身上，而颂亦变作颂美活人的文章了。不仅如此，像三闾大夫屈原还写过一篇文采芬芳的《橘颂》，它的内容虽是托物寓怀，但是颂之为文，不特可以称举"人"事，抑且可以颂美果实。因此，他在颂之"释名以章义"时，为着兼顾文学史的事实，不能不说明这一种文章在先秦时代即已扩充至"神""人"以迄于"细物"，于是接着举例说：

> 至于秦政刻文，爰颂其德；汉之惠景，亦有述容；沿世并作，相继于时矣。若夫子云之表充国，孟坚之序戴侯，武仲之美显宗，史岑之述熹后；或拟《清庙》，或范《駉》《那》，虽浅深不同，详略各异，其褒德显容，典章一也。至于班、傅之《北征》《西征》，变为序引，岂不褒过而谬体哉？马融之《广成》《上林》，雅而似赋，何弄文而失质乎？又，崔瑗《文学》，蔡邕《樊渠》，并致美于序，而简约乎篇……及魏晋杂颂，鲜有出辙：陈思所缀，以《皇子》为标；陆机积篇，惟《功臣》最显，其褒、贬、杂居，固末代之讹体也。

这一段本是为着"选文以定篇"而说的，但是，事实上"颂"的内容因作家之滥施于不同的对象，如秦始皇到处刻石，自颂功德，后代沿袭便成一种刻石的颂体。到了汉代，不刻石而颂德之文，亦称为颂，如《孝惠皇帝颂》《孝景皇帝颂》。其他如扬雄之《赵充国颂》，班固之《戴侯窦融颂》，傅毅之《东汉明帝颂》，史岑之《和熹邓后颂》等，他们或模拟《诗经》里《周颂》清庙之诗，或模拟《鲁颂》（駉为首章）《商颂》（那为首章）之文，大体都是美盛德之形容，但仍不失为颂的原义。到了班固写的《车骑将军窦宪北征颂》，傅毅同时亦写了《西征颂》，极力铺张活人的武功，而真正用颂体的韵文反只有几句，他认为那是以讲述为颂美，不像颂文；而马融为了提倡文武并重的教育而写的《广成颂》以及今已失传的《上林颂》，虽则文笔典雅，但构辞的方法就像作赋一样，滥名为颂；亦是名义不相配合的。同时崔瑗写的《南阳文学颂》，蔡邕写的《樊惠渠颂》亦是序语多于颂文；到了曹植之作《皇太子生颂》，人始出生，实无盛德可颂；后来陆机写的《汉高祖功臣颂》共列三十一人，全文虽用的是四字句韵文，然而褒贬兼施，有如"名臣论"而失去所谓"颂"的意义，只能算是"末代之讹体"。所以从颂之原始作用，并参验以历代作家所作的讹体文章，可以肯定地说：为什么会发生这一种的文章，本来是先民为了感激祖宗留给他们的种种好处，他们崇拜祖宗时便亦说出许多感激的话语。倘无好处，便亦没有可颂。因此，颂之正体，敷理以举统的说来，应该是：

颂惟典懿，辞必清铄。敷写似赋，而不入华侈之区；敬慎如铭，而异乎规戒之域。揄扬以发藻，汪洋以树义。虽纤曲巧致，

76

与情而变，其大体所底，如斯而已。

换言之，颂是表示爱戴的意思，所以写来清楚耀目。它虽像"赋"一样，以描摹对象为主，但不须在构文上夸张浮饰；又像铭文一样，带有敬慎的口气，但不能涉及规戒的意思。所以颂是专就好的方面发挥，以阐明先人的功德。尽管历代作家有着偏颇的表现，变得若赋若铭若碑若诔若祭文等，然而顾名思义，其中终有它一定的范畴。

赞之变体

不过同属颂美之文，而"讚"或写作"赞"，在性质上与"颂"很难划分，而且后人用"赞"的方式亦多变化。因此《颂赞》篇说到这种文体，先作释名以章义的说明。他说："赞者，明也，助也。"接着推原其始，说："昔虞舜之祀，乐正重赞，盖唱发之辞也。及益赞于禹，伊陟赞于巫咸，并扬言以明事，嗟叹以助辞也。故汉置鸿胪，以唱言为赞，即古之遗语也。"依此解释，"赞"之为文，是由于发现某一好处，托语言以肯定之，所以既具有发明的作用，同时又有助成其事使之更加清楚的意思。其实，称赞、赞成，今世用词，仍本此义；但其正式自成一种文章之名，据《文心雕龙》作者所见，当首推司马相如所作的《荆轲赞》。按《汉书·艺文志》杂家类著录《荆轲传》五篇，班固注云："轲为燕刺秦王，不成而死，司马相如等论之。"这是说那五篇之中，杂有司马相如论荆轲之死的文章。那篇文章是否以"赞"为名，因原文不存，无以核见，但班固编纂《汉书》，每卷之后都附有"赞"，用简括的文句写出那一卷中所列诸人行事的特点，既似补传，又似评论。以此推之，则司马相如之赞荆轲，或属于同一方式，虽是论评，实亦发明其行事的某点好处，以增进读者对其事的认识，是亦不失其为"明也，助也"的意思。但为着偏重发明事实，而事实有好有坏，于是赞文之发展便亦有若干的变态，他说：

迁史固书，托赞褒贬，约文以总录，"颂"体而"论"辞也。又"纪""传"后评，亦同其名，而仲治《流别》，谬称为"述"，失之远矣。及景纯注"雅"，动植必赞，义兼美恶，亦犹"颂"之变耳。然本其为义，事生奖叹，所以古来篇体，促而不广，必结言于四字之句，盘桓乎数韵之辞，约举以尽情，昭灼以送文，此其体也。

"迁史固书，托赞褒贬"，这只是就"赞"之含义，言其大旨。今人或以为班固《汉书》虽然有"赞"，但司马迁《史记》，只于篇末作"太史公曰"，未尝以赞为名。《文心雕龙》作者仅取其用意相同，举以为例；因而把其他史书之本纪列传后面附以"史臣曰"，亦归属之。其实，这未必即《文心雕龙》作者的想法。《汉书》的"赞"，点题分明，可以不说。但此处所言"迁史"之赞，应是据司马迁《史记》的自序而言。《史记》卷七十太史公自序"自黄帝始"，其下文曰："维昔黄帝，法天则地，四时遵序，各成法度。唐尧逊位，虞舜不台。厥美帝功，万世载之。作五帝本纪第一。"这里于"作五帝本纪第一"以上，凡结言于四字之句，虽没有用"赞"为名，而《文心雕龙》作者则认它有"赞"之实。而且太史公的这些类似赞语，因为是约举本纪、书、表、世家、列传，尤其是那些人物事迹，其中有好的亦有坏的，所以在约举的文句里即亦有说好说坏的语意，他说"托赞褒贬"，即是此意。又说"颂体而论辞"，使用四字句的颂体，写出结论式的文章，亦是此意。后面又引据郭璞写的《尔雅图赞》，今犹得见的，如对于"比肩兽""尺蠖"以及"萍""柚"等动植物所作的赞，其文章之内容形式亦与附于太史公自序者相同，都是以四字为句，三四韵即告终篇，正所谓"结言四字之句，盘桓数韵之辞"。因而可信《文心雕龙》作者即是依循这样的原则，于其所著五十篇之文，每篇篇末亦各附以"赞"，而且每一赞，亦皆"约举以尽情，昭灼以送文"，例如这《颂赞》篇末之附以：

赞曰：容德底颂，勋业垂赞。镂影摛声，文理有烂。年迹愈远，音徽如旦。降及品物，炫辞作玩。

（五）神人的告语

《文心雕龙》之论文叙笔，如前所述，作者对于各种文章的源流、名义、代表作品及写作要领，都有扼要的说明。虽然他主要目的似在说明写作的要领，但为求其说有明确具体的事实根据，所以不辞重复，每一篇都作同样的安排。亦即表示他所建议的每一种文章写作要领，都是从他探讨那种文章的源流、名义，甚至抽样检查而后得来的意见。这是十分笃实的讨论，只要人们了解其编书的用意，便不觉其烦赘了。不过时至今日，有若干种文章，无论在其形式或内容均已变化得失其祖型；或则甚少为人所使用，如他在《铭箴》篇说过的"庸器之制久沦，所以箴铭寡用"。其实，为后世所寡用的，不止铭箴一类，就连祝盟之文，因人们对神祇之信心远非昔比，故旦旦之誓，跟着解体。其他杂文形式如连珠、七发等，变革尤多；即在叙笔之中，如檄移、诏策、章奏之类，或则实存名异，或则名实两废，这里为了避免重复乏味，自《祝盟》篇以下迄于《书记》篇，除了其中关系重要，至今仍为人们所习用者，特为之阐释；自余则但依其原书之编辑纲领而约举其"原始表末""释名章义""选文定篇""敷理举统"四点原文，略作译解，以省篇幅。

祝·盟

祝与盟，本意都是想要借重神力以解决人事困难的文章，而与颂文之用以表示感激者不同。唯是祝文原于初民为了某事而向神祇倾吐其意愿的语言，其为文章，实即祈祷之文。但于祈祷时不免先信赖神力之伟大，这口气就如同颂美；至于所因由的事故，种类既甚繁多，而欲达成的愿望亦不一样，因此，祝文的衍变并不单纯，但它与所谓"盟"者，重要的区别亦在于此。盟的本意，只要神祇鉴听其所言而代为保证其"言出必果"的责任。如人们之向天发誓或在神祇之前赌咒，虽设辞的形式不一，但大意所归，不过如此。《祝盟》篇叙"祝文"的演变始末云：

　　昔伊耆始"蜡"，以祭八神，其辞云："土反其宅，水归其壑，昆虫毋作，草木归其泽！"则上皇祝文，爰在兹矣。舜之祠田云："荷此长耜，耕彼南亩，四海俱有！"利民之志，颇形于言矣。至于商履，圣敬日跻，玄牡告天，以万方罪己，即"禋"祀之词也；素车祷旱，以六事责躬，则"雩""禜"之文也。及周之太祝，掌六祝之辞，是以庶物咸生，陈于天地之"郊"；"旁作穆穆"，唱于迎日之拜；"夙兴夜处"，言于祔庙之祝；"多福无疆"，布于少牢之馈；"宜""社""类""祃"，莫不有文。所以寅虔于神祇，严恭于宗庙也。

　　自《春秋》以下，黩祀谄祭，祝币史辞，靡神不至。至于张老成室，致美于"歌哭"之祷；蒯聩临战，获佑于"筋骨"之请；虽造次颠沛，必于"祝"矣。若夫楚辞招魂，可谓祝辞之组丽也。汉之群祀，肃其旨礼，既总硕儒之义，亦参方士之术。所以秘祝移过，异于成汤之心；佞子殴疫，同乎越巫之祝，礼失之渐也。至如黄帝有祝邪之文，东方朔有骂鬼之书，于是后之谴咒，务于善骂。唯陈思"诘咎"，裁以正矣。

凡群言发华，而降神务实，修辞立诚，在于无愧。祈祷之式，必诚以敬；祭奠之楷，宜恭且哀，此其大较也。班固之祀涿山，祈祷之诚敬也；潘岳之祭庾妇，祭奠之哀也。举汇而求，昭然可鉴矣。

以上叙祝文，始于上古伊耆氏之蜡祭，其事其文，见《礼记·郊特牲》篇。舜之祠田，事出《尸子》佚文，见辑于《太平御览》卷八十一，惟其祝词，仅见于此篇。商履，即殷汤，履是其本名。汤之时，大旱五年，乃祷于桑林，其祷词有"余一人有罪，无及万夫；万夫有罪，在余一人"。语见《吕氏春秋·顺民》篇。六事，谓汤之反省："政不节欤？使民疾欤？宫室荣欤？妇谒盛欤？苞苴行欤？谗夫兴欤？"此祷词见《荀子·大略》篇。

"宜社类祃"，《礼记·王制》云："天子将出征，类乎上帝，宜乎社，造乎祢，祃于所征之地。"郑玄曰：类、宜、造，皆祭名，其礼亡。造，亦写作祰，是一种告庙之礼。

《礼记·檀弓下》篇载晋大夫赵武建屋落成，张老往贺，其词曰："美哉轮焉，美哉奂焉，歌于斯，哭于斯，聚国族于斯！"

《左传·哀公二年》，卫太子蒯聩随晋赵鞅与郑国作战，临阵祷曰："敢昭告皇祖文王，烈祖康叔，文祖襄公，蒯聩不敢自佚，备持矛焉。敢告：无绝筋，无折骨，无面伤，以集大事，无作三祖羞。"

《史记·封禅书》云，祝官有秘密的祝文，遇有灾祸，用之可以移祸于他人的身上。这用意恰与商履之"万夫有罪，罪余一人"的用心相反。侲子，童男童女，能驱除疫疠者，《后汉书·礼仪志》云，"每岁大傩（驱疫之祭）选中黄门子弟，十岁以上，十二以下，百二十人为侲子"者便是。

黄帝祝邪之文，语见《云笈七签》卷一百引《轩辕本纪》，这是伪托的书籍。东方朔骂鬼之书，语见《古文苑》卷六王延寿《梦赋》，其书即或有之，亦属伪托。作者用以说明祝文之伪滥情形。其实，祝文既与神祇打交道，后来便广用于各种宗教，其形式内容纷纭杂出，作者于此未及备述。

末段，自"凡群言发华"以下至于终篇，则是他所作祝文"敷理以举统"的结论；接着则说到"盟"文，他说：

盟者，明也。骍牛白马，珠盘玉敦，陈辞乎方明（谓神坛）之下，祝告于神明者也。

在昔三王，诅盟不及，时有要誓，结言而退。周衰屡盟，弊及要劫，始以曹沫，终之毛遂。及秦昭盟夷，设黄龙之诅；汉祖建侯，定山河之誓。然义存则克终，道废则渝始，崇替在人，咒何预焉。若夫臧洪歃辞，气截云蜺；刘琨铁誓，精贯霏霜，而无补于汉晋，反为仇雠。故知：信不由衷，盟无益也。

夫盟之大体，必叙危机，奖乎忠孝。共存亡，戮心力，祈幽灵以取鉴，指九天以为证，感激以立诚，切至以敷辞，此其所同也。

以上，首则释名以章义，继之则原始以表末。说到"周之屡盟"指春秋战国时代，各国互争，时和时战，和则宰牛歃血，结盟发誓，甚或利用结盟机会，实用暴力要挟，如《史记·刺客列传》所载曹沫劫持齐桓公；平原君传载毛遂劫持楚王。又，秦昭襄王与夷人结盟，其词刻于石上，有"秦犯夷，输黄龙一双"之语，见载于《华阳国志》之《巴志》。《史记》汉高祖功臣侯年表，叙及封爵之誓曰："使山河如带，泰山如砺，国以永宁，爰及苗裔。"然而"百年之间，见侯者五，余皆坐法殒命亡国耗矣。"真是"信不由衷，盟无益也"！

"臧洪歃辞"，见《后汉书》卷八十八臧洪传，他联合各地长官于酸枣，设坛，歃血为盟，共讨董卓。终以诸军不协，起义无功，反为袁绍所杀。"刘琨铁誓"，《晋书》卷六十二，言西晋末年，五胡始乱，刘琨镇守北地，与幽州刺史段匹磾约为兄弟，匹磾推琨为大都督，歃血载书，以檄召四方郡守，其盟誓之文，见录于严可均辑《全晋文》卷一〇八。

铭·箴

铭箴本是镂刻于器物上而较具永久纪念性的文章。它的作用，

《文心雕龙》作者据其所看到的记载，说是：上古时代，黄帝轩辕氏曾在舆几上刻有铭文，以警告自己不要犯错。夏禹亦曾在钟鼓的架上刻有铭文，以招徕人们给予忠告。至于殷汤在盘、盂上写着日新又新的标语，周武王更在门户、坐席、几案等用具上题以种种训诫自己的铭文。周公铭金人（铜像）以三缄其口之语，孔子见"欹器"发出"虚则欹，满则覆"之叹。这些都是先圣用为告诫自己的文章，其来历已很久了。所以铭文虽只似是命"名"，然而随器物的效用而命名，必须慎取其实际的功效。《左传·襄公十九年》载有臧武仲论"铭"的作用，说：天子之铭，铭其如何造福人类；诸侯之铭，铭其因时乘势造福国家；大夫之铭，铭其服务的劳绩。故"天子令德，诸侯计功，大夫称伐"。如夏禹铸鼎以照神奸，武王铭肃慎氏进贡的楛矢，以志远方部族的归顺，这都是"令德"之事。吕望受封于齐，铭其功于昆吾所铸的金版；仲山甫镂其战绩于宝鼎，这都是"计功"之事。晋国魏颗铭其战胜秦军的勋劳于景公之钟；卫国孔悝镂其父祖服务卫国的功绩于鼎彝，这都是"称伐"之事。不过司马迁写《秦本纪》，据传说秦之祖先蜚廉，于武王灭纣之后，发现一口石棺，亦有铭文；《庄子·则阳》篇还说到卫灵公死葬沙丘，掘地得石棺，先有铭曰"不冯其子，灵公夺而里之"；其事都很奇怪。又和《韩非子·外储说》云：赵武灵王雇人爬上番吾山顶，刻出足迹，而铭之曰"主父（武灵王）常游于此"；而秦昭王亦曾在华山勒铭云："昭王常与天神在此博戏"；这样以刻铭为狡狯，未免太可笑了。

不过看了这些例子，铭的作用亦已大略可知。至于秦始皇之到处刻石，使用辉煌的字句掩饰残暴的政治，可见铭文于虚饰之外还兼有宣传的效用。此外，如班固写的《燕然山铭》，张昶写的《华山堂阙碑铭》，都是序文多于铭文，从此便变成定式。蔡邕所制许多铭文，如桥公《钱铭》，朱穆《鼎铭》之类，虽模仿《书经》里典谟的笔法，但序文过长，就像写墓志铭一样，这该是为着他写惯了碑文的缘故吧。至如冯衍（字敬通）制作的一些杂器物之铭（见严辑《全后汉文》卷二十），虽各涵有训诫的意思，然而所说之事与那器物不相关联，而且字句之繁略亦不适中。崔骃亦有同样的制作，则赞辞多于训诫；李尤所作，更是繁杂，言辞琐碎而意思浅薄，把神圣的蓍龟与博弈混为一谈，又把度量衡公器附在舂米的臼杵之末；他对于物品还没有功夫辨认，如何能懂得其中重要的事理呢！到了魏晋，曹丕之《典论·剑铭》，列出九宝，说的都是锋利的武器，可惜他的文辞却甚钝拙；惟有晋朝张载的《剑阁铭》，因其才华出众，反见后来居上，既能说出剑门之奇险，又能引史以证明"立国在德不在险"，"以此勒铭，始合名义"。

以上翻译《箴铭》篇所作铭文之"原始""释义"以及"选篇""评隲"之大意，惟其中引用的铭文，传世者少。《昭明文选》卷五十六，录存班固《燕然山铭》，崔瑗《座右铭》，张载《剑阁铭》及陆倕《石阙铭》、《新刻漏铭》五篇；至于陆氏之文因其后出，所以不在选编之列；而班氏铭文，他又以为铭之变体；故盱衡前后，便以《剑阁铭》为最佳了。

其次讨论到箴，他说："箴者，针也，所以攻疾防患，喻针石也。"倘以"攻疾防患"为箴文之目的，则与铭文的用意没有太大的区别，所不同者当在于它不必见于镂刻。他说："这种文章盛行于夏商周二代，而夏商二箴的文句偶尔得到先秦载籍的引述。到了辛甲为周太史，作《百官箴》以针砭王政之阙失。《左传·襄公四年》记载魏绛复述辛甲的虞人（掌山泽的官）之箴，其文义尚颇完备，大概到了春秋时代还有人提到，如魏绛之述虞人箴以谏阻晋侯之好战，栾武子述楚国先君以'民生在勤，勤则不匮'之语箴其人民（此见《左传·宣公二年》）等，即其实例。但是，降及战国，弃德务功，多用铭代箴，因而箴文便少见了。直到西汉晚期扬雄考究古籍，始仿效辛甲而作卿、尹、州牧等官箴二十五篇；接着崔骃崔瑗父子及胡广，各有续作，合称为《百官箴》，大抵以职务配合名位，而其间的关系明晰有据，可说是'追清风于前古，攀辛甲于后代'了。外如潘勖的《符节箴》，简要而不够深入；温峤的《侍臣箴》，用典甚博而缺憾在于太繁；王济的《国子箴》说得过多而事例太少；潘尼《乘舆箴》，意见正确而文体杂乎颂文。凡此种种后起之作，都写得不够恰当。至于王朗《杂箴》，头巾与鞋子并列，虽云戒慎，不免措施失宜；观其约文举要，仿制古之戒铭，然而说到水、火、井、灶，（如今存'俾冬作夏，非灶孰能？俾夏作冬，非井孰能？'云云）简直近乎废话，这亦许是由于用心有所偏差的缘故吧！"（以上亦是翻译大

87

意，不录原文。)

最后，他为铭箴二种相近似的文章作"敷理而举要"的综述，说：

> 箴诵于官，铭题于器，名目虽异，而警戒实同。箴全御过，故文资确切；铭兼褒赞，故体贵弘润。其取事也，必核而辨；其摘文也，必简而深，此其大要也。

(六) 哀伤之文

《诔碑》与《哀吊》二篇，本皆讨论人们为伤悼而发表的文章。但其中，碑文不仅可诵，亦且可以刻石，又因石碑的用途不一，表示哀悼的碑文中只有墓碑与诔文相当。后世墓志，实为传记与铭之合体，而诔文则又合于哀吊之辞。诔碑哀吊，与上述诸种文章可谓别成一类，因其所托始的感情与思想即有不同，现在翻译《文心雕龙》这两篇的大意如下：

诔·碑

他说：诔字与"累"字的音义相同，意思是累积其人之生平德行，表扬之以流传千古。此事，在夏商以前，详情未见于记载，到了周代，虽云有诔，但不用于士流。而且《礼记·曾子问》篇明言："贱不诔贵，幼不诔长，礼也；唯天子称天以诔之。诸侯相诔，非礼也。"因为读"诔"是制定其人之谥号，事关重大，必须尊长辈来作。

《礼记·檀弓下》篇载鲁庄公为其卫士作诔，这是士流有诔的先例，到了孔子去世，鲁哀公诔之曰："昊天不吊，不慭遗一老，俾屏予一人以在位，茕茕余在疚！呜呼哀哉，尼父，无自律！"如此哀叹，虽不算是杰作，然仍不失其为最早的典型。至如柳下惠之妻诔其丈夫，情辞哀切，则饶有情味了（文见《列女传》卷二）。汉代诔文，承继前世遗风，但是扬雄为王莽的姑母——汉元帝的皇后作诔，文章写得不清不爽，班固编《汉书·元后传》，仅节取其中"太阴之精，沙麓之灵，作合于汉，配元生成"四句，后来挚虞撰《文章流别论》，以为那即是全文。然而累德述尊，岂有四句话便了之理？（按，扬雄《元后诔》全文见严辑《全汉文》卷五十四）。至于后汉，杜笃撰大司马《吴汉诔》，可怪的是，他独有这一篇得到人们赞赏，而别的文章却未受重视，岂不因当时光武的一言褒美，便至价值连城？此外傅毅作诔，说得得体而有顺序，苏顺崔瑗作诔，简洁而有条理，观其叙事有如传记，然辞顺而调叶，可说是制诔的专家。其他如崔骃诔赵，刘陶诔黄（二诔失传），各具要领，而功夫在于简要。至如曹植所作《魏文帝诔》，名气虽大而文辞实过冗长，并且在诔末写了一大段自说自话，亦甚违反诔文的原则。

诔文本为含哀颂德，故其抒写哀情，亦必触物寄情。如傅毅之作《北海靖王诔》，有"白日幽光，雾雾杳冥"之句，吐词哀戚，遂开后世写景之门；而仿效之者便尽在这上面努力加工了。其实，诔之体制，重要的在于选录死者之嘉言善行，其文体如传记，其措辞像颂文，其始则宣扬其盛德，其终乃哀悼其亡故。论其行为，必须写得仿佛如见其人；说到悼念，又当凄苦得如负伤痛，这便是诔文的要点。

"至于'碑'，本是在地上竖石之意。上古帝王，登泰山举行封禅之礼，竖石以增高，故曰碑也。传说周穆王登弇山，刻其名于弇山之石，这当是古碑的遗意。不过，祖宗庙内亦有石碑，那是竖于两楹之间以供拴系祭祀牲口用的，但不在碑上刻字。从宗庙到坟墓，古人为了安放棺枢入圹，在圹上亦树碑以盘绕缆绳使棺材得以缓缓地放下，这又是墓碑的缘起。自后汉以来，各种碑碣上的文章越来越多，倘以才情笔力为标准，蔡邕的作品堪称第一。观其所作《杨赐碑》，骨气如同经典之文；而《陈太丘碑》与《郭有道碑》，写得没有一个字的败笔。其他如《周勰碑》《胡广碑》等，莫不干净磊落，叙事详而扼要，用字典雅而又圆滑，新意流转而不穷，创见迭出而超卓；细按其才能，可说是意到笔到，自然而然的。（蔡邕碑文见《全后汉文》卷七十五—七十七）孔融所作，模拟蔡邕、张俭等碑，机敏而富于文采，可以名列第二。到了晋代，孙绰对于碑文最所专心，所作温峤、王导、郗鉴、庾亮等人的碑文，犹多枝杂之辞；唯《桓彝碑》最为通达得体

（孔融、孙绰所作碑文所存甚少，可参严氏所辑《全后汉文》及《全晋文》）。"

其实此类冢墓碑文，有关饰终令典，孝子贤孙为了发明祖德，辇金谀墓，魏晋以下，其风愈盛，渐次形成定式。然举其统要，犹不过如《诔碑篇》末段所说：

夫属碑之体，资乎史才。其序则"传"，其文则"铭"，标序盛德，必见清风之华；昭纪鸿懿，必见峻伟之烈；此碑之制也。夫碑实铭器；铭实碑文，因器立名，事先于"诔"。是以勒石赞勋者，入铭之域；树碑述亡者，同诔之区焉。

哀·吊

哀谓哀辞，虽与诔同为伤悼死者的文章，但其对象恰恰相反，哀辞是为低一辈的人而作。他说："'哀者，依也。悲实依心，故曰哀也。'以文辞表达其哀心，大抵是伤悼后辈，所以这类文章不及老寿而用于短命的人。从前秦伯之丧，以子车氏的三子殉葬，而秦人哀悼这三个青年才俊，为作《黄鸟》之诗（见《诗经·秦风》）曰：'彼苍者天，歼我良人，如可赎兮，人百其身'。这样托黄鸟以致哀思，可说是古诗人的哀辞了。到了汉武帝封禅于泰山，霍去病的儿子霍嬗随驾同行，在路上得急病死了，武帝伤悼而作诗；诗虽不传，想亦哀辞之类。降至后汉，崔瑗作汝阳王哀辞，开始改变原来的形式，就其中写着'履突鬼门'，既说得奇怪而难懂；又写着'驾龙乘云'，倒似是成了神仙，有何可哀？而且末章又改用五字句，很像歌谣体，大概是模仿汉武帝的哀诗吧。（汝阳王哀辞不传于后，这里是依原文翻译）至于苏顺张升，都有哀辞的制作（亦不传），虽能发其精华，但情感仍欠充实。汉末建安时代，徐幹写的哀辞较为完美，其《行女》一篇，时时表露怜爱之情；晋之潘岳，即结合这种佳妙；观其为文，既想得周到而文辞又多变化，使悲苦之情洞然可见，叙事如写传记而造语则摹拟《诗经》，四字一句，音节紧凑而不拖沓，故能义直而文婉，体旧而趣新。如《金鹿哀辞》《为任子咸妻作孤女泽兰哀辞》（并见《全晋文》卷九十三），都是后人难以为继的杰作。本来，哀辞的大体，以伤痛之情为主，故说辞必极于爱惜；抑且死者年幼，没有功德可称，故夸赞限于敏慧；而稚弱不胜繁重，故爱怜兼及音容。基于恻隐之心以措辞则事无不合，倘若为文以造情则语必浮奢。浮奢为文，虽丽不哀；故必使触情生悲，闻语落泪，才是可贵的。"（以上并以译文替代原文）

　　按《文心雕龙》解释"吊"字是"至"的意思，并引《小雅·天保》的诗句"神之吊矣"为例证，因为这诗句里的"吊"字，《毛传》即作此解释。接着，他引申来说："君子令终定谥，事极理哀，故宾之慰主，以至到为言也。压溺乖道，所以不吊矣。"依此说明，则"至到"即是事至极限，如人之寿终正寝，于理可哀，故其见于言辞者乃有哀吊之文。于是他又引《礼记·檀弓上》篇"死而不吊者三：畏、压、溺"的记载作为反证，因为这些死于非命，不合"至到"之理。他如此释名以章义，虽不尽合经典传注的说法，但他把吊唁为一，其意可知。因此，接着又说："宋水郑火，行人奉辞，国灾民亡，故同吊也。"这里所谓宋水郑火，是据鲁庄公十一年《左传》所载"宋大水，公使吊焉"；又昭公十八年"宋卫陈郑皆火……陈不救火，许不吊灾，君子是以知陈许之先亡也"，其中同用"吊"字。然则吊死之外，吊灾亦称为吊了。接着又说："晋筑虒台，齐袭燕国，史赵苏秦，翻贺为吊。虐民构敌，亦亡之道。凡斯之例，吊之所设也。"晋筑虒台，事见《左传·昭公八年》，晋平公筑虒祁之宫，鲁国郑国皆来庆贺，史赵见宫室崇侈，民力凋尽，群怨并作，故曰："可吊也而又贺之。"齐袭燕国，事见《战国策·燕策一》，齐宣王乘燕易王之丧，举兵袭取其十城，苏秦往说齐王"再拜而贺，因仰而吊"；这是贺其胜利，而吊其树敌，都是自取丧亡之吊，又为"吊"之另一意义。接着又说，"或骄贵以殒身，或狷忿以乖道，或有志而无时，或行美而兼累，追而慰之，并名为吊。"据此看来，吊之应用对象甚为广泛，凡死丧、灾变、行事乖违、命途多舛，等等，皆在可吊之列，其中倘有一点共通的意义，那就是因其到了极点的"至"，值得同情。

于是他接着列举这一类的文章，说："贾谊贬往长沙，因发愤而写《吊屈原文》，而且和屈原一样，发挥其'黄钟毁弃，瓦釜雷鸣'，无能者得势，有才干的反被放逐的哀叹，那算是首出的吊文（见《昭明文选》卷六十）。司马相如之历吊秦二世，是同情他的'持身不谨'以骄贵自取灭亡。其文虽属赋体（见《史记·司马相如传》），但据桓谭的批评，说是'其言怆恻，读者叹息'，大概是看到结尾说秦二世'坟墓芜秽而不修兮，魂无归而不食'的可怜相吧。后来扬雄亦有吊屈原的文章，但他'以为君子得时则大行，不得时则龙蛇。遇不遇，命也，何必沉身哉"！似乎不满屈原之狷忿乖道，故其吊文，题称《反离骚》。但他既没有真实的情感，所以写起来只显辞韵臃肿而沉闷。类似的，还有，班彪的《悼离骚》，蔡邕的《吊屈原文》（二人的原文不全，今并辑于《全后汉文》卷二十三、卷七十九），班彪说'达人进止得时，行则遂伸；否则屈而折蝼，体龙蛇以幽潜。'蔡邕说'卒坏覆而不振，顾抱石其何补？'二人虽都反问得很机敏，但在贾谊的名作笼罩之下，便难与并驾齐驱了。此外，胡广、阮瑀、王粲，各有吊伯夷叔齐之文。胡阮二人但有赞美的语句，而王粲则辨析其'不合作'的是非，说得较为深刻（胡阮王之残文并辑于《全后汉文》卷五十六、卷九十三、卷九十一），然前者赞美高风亮节，而后者以为气量狭窄，亦由是可见三人观点之不同了。祢衡所作《吊张衡文》（见《全后汉文》卷八十七），文字缛丽而轻清；陆机所作《吊魏武帝文》（见《昭明文选》卷六十），其序语拈出一个叱咤风云的大人物临死仍眷念着分香、卖履的细事，可说是写得很巧妙；不过吊文却显得繁冗一些。然而自此以下，这一类便没有什么可称述的文章了。"

最后，他说："夫吊虽古义，而华辞未造。华过韵缓，则化而为赋。固宜正义以绳理，昭德以塞违，割析褒贬，哀而有正，则无夺伦矣。"倘若依此说来，则吊文之中似还兼有议论，是否合乎"宾之慰主"的意义，便成疑问。《文心雕龙》作者，基于选文以定篇的主旨，见其题名为"吊"的，便从而"敷理举统"，却未注意那些后出的吊文，都不过是作家借题发挥，其性质应在"杂文"之列；以言实际应用，理当不然。因为哀吊只是同情心之表现，倘或"恻隐之心"与"是非之心"异趣，则欲同时做出"剖析褒贬"，恐即互相夺伦了。唯有后人追题，名虽曰"吊"，按其性质，宜并入下节所说的"杂文"。

（七）趣味性的韵文

杂文

《杂文》篇虽只提出三种形式不同的韵文，但作者在这一篇的首尾却有非常明智的说明。意思是说：诗赋成为文士的专业之后，文士们有着太多的才情，过剩的辞藻，尤其是充裕的写作时间，因而常常扩充文学园地，突破诗赋的旧形式而产生新文体，而且这文体日新月异，名号不齐，但总其性质无非是有闲者找寻趣味的读物。这意思，依其原文则说是：

智术之子，博雅之人，藻溢于辞，辞盈乎气。苑囿文情，故日新殊致。宋玉含才，颇亦负俗，始造"对问"，以申其志，放怀寥廓，气实使之。及枚乘摛艳，首制"七发"，腴辞云构，夸丽风骇，盖七窍所发，发乎嗜欲，始邪末正，所以戒膏粱之子也。扬雄覃思文阁，业深综述，碎文璀语，肇为"连珠"，其辞虽小，而明润矣。凡此三者，文章之枝派，暇豫之末造也。

这里，他对于所谓"杂文"仅举"对问""七发""连珠"三种较有固定的形式，而且仍为当时文士所模拟的文体为例。这三例的作品，《昭明文选》卷三十四、卷四十五、卷五十五，各有选录，亦并以此为标题。"对问"体杂文，即宋玉对楚王问，其文曰：

楚襄王问于宋玉曰：先生其有遗行欤？何士民众庶，不誉之甚也！宋玉对曰：唯，然有之，愿大王宽其罪，使得毕其辞。客有歌于郢中者，其始曰《下里巴人》，国中属而和者数千人；其为《阳阿》《薤露》，国中属而和者数百人；其为《阳春白雪》，国中属而和者，不过数十人；引商刻羽，杂以流徵，国中属而和者，不过数人而已。是其曲弥高，其和弥寡。故鸟有凤，而鱼有鲲。凤皇上击九千里，绝云霓，负苍天，翱翔乎杳冥之上；夫藩篱之鷃，岂能与之料天地之高哉！鲲鱼朝发昆仑之墟，曝鬐于碣石，暮宿于孟诸，夫尺泽之鲵，岂能与之量江海之大哉！故非独鸟有凤而鱼有鲲也，士亦有之。夫圣人瑰意琦行，超然独处，夫世俗之民，又安知臣之所为哉！

这是作家先有某种意见，故意借用他人的问话来引发，实际是"借题发挥"的文章。依此形式，后来东方朔作《答客难》，扬雄作《解嘲》，班固作《宾戏》，《昭明文选》并称之为"设论"之体。其实"对问"与"设论"，作家的用意相同，都是主人的议论要借用客人的设问以表达，究其性质应为论说，且亦不属"有韵"之文，但宋玉对问，与题名屈原的《卜居》《渔父》，其结构类似，同列于"楚辞"，为有韵之文的典范作品，所以《杂文》篇举以为例，而与"七发""连发"之属，并称为"文章之枝派，暇豫之末造"是表示得十分清楚的。因为由诗而变为骚赋，由骚赋而衍生为对问、七发、连珠，以及许多"日新殊致"的文章，《文心雕龙》悉据此以归类。其中唯七发连珠，与赋体的组织较为接近，故《昭明文选》，于"赋""诗""骚"之下即接以"七"之一目。李善注《文选》，为"七发"作解说："七发者，说七事以起发太子也，犹楚辞'七谏'之流。"不过这样解说，似不及杂文篇说得彻底。因为枚乘此文，假设为楚太子生病，有个探病的客人指破他的病因是过分的养尊处优而起，既已四肢不勤，又依循耳目口鼻心识之欲望作无限制之享受，乃至斫丧体力与元气。杂文篇以其中用韵语分述七种享受而逐渐诱导其进于正当的娱乐，故解说为"七窍所发，发乎嗜欲，始邪末正，所以戒膏粱之子也。"接着又说："自七发以下，作者继踵。及傅毅《七激》，会清要之工；崔骃《七依》，入博雅之巧；张衡《七辨》，结采绵靡；崔瑗《七厉》，植义纯正；陈思《七启》，取美于宏壮；仲宣

《七释》，致辨于事理。自桓麟《七说》以下，左思《七讽》以上，枝附影从，十有余家。"这算是"原始表末"兼"选文定篇"的叙述，当然其中有很多的漏略，但总其结撰大意，莫不先谈纵欲，而极声色犬马之娱，而终之以节制，还归正常的生活为要。

不过这种文章以"七"为名，后人解说，意见不一。李善以为出于"七谏"，其实七谏之流，如后来蔡邕之陈"七事"，名同实异，故选文家不以之与七发并列。徐师曾《文体明辨》说："按七者，文章之一体也。词虽八首，而问对凡七，故谓之七。"这虽说得爽利，按之事实并不尽然。实则后人仿制之七体，不过沿袭旧称，而旧称中，枚乘七发之所谓"七"，仍当以这杂文篇的解说为近是。

其次"连珠"，依《文心雕龙》作者的看法，是扬雄校书天禄阁，曾披览许多古书，其中有许多造语明确的教训，他以其意义相通者贯串起来，制作一种简净的短文，故曰："扬雄覃思文阁，业深综述，碎文璀语，肇为连珠。"不过扬雄的连珠文，仅余一二类书收载，今据严辑《全汉文》卷五十三录其二首如下：

一、臣闻：明君取士，贵拔众之所遗，忠臣荐善，不废格之所排；是以岩穴无隐，而侧陋章显也。

二、臣闻：天下有三乐，有三忧焉。阴阳和调，四时不忒；年丰物遂，无有夭折；灾害不生，兵戎不作，天下之乐也。圣明在上，禄不遗贤，罚不偏罪，君子小人，各处其位，众臣之乐也。

吏不苟暴，役赋不重，财力不伤，安土乐业，庶民之乐也。乱则反焉，故有三忧。

这种连珠体，自汉代以下，拟作者多，杂文篇独称陆机的连珠，说他"思新文敏，而裁章置句，广于旧篇"。今据《昭明文选》所载，陆机有"演连珠"五十首，这确是"广于旧篇"了。这里录其二首为例：

一、臣闻：禄放于宠，非隆家之举；官私于亲，非兴邦之选。是以三卿世及，东国多衰敝之政；五侯并轨，西京有陵夷之运。

二、臣闻：足于性者，天损不能入；贞于期者，时累不能淫。是以迅风陵雨，不谬晨禽之察；劲阴杀节，不凋寒木之心。

连珠结构的形式：先设前提，然后举证，中间用"是以"二字使其"事"其"理"互相结合：而且造句，对仗工整，如果这是从赋体文章加工而出的枝派，却亦作了六朝骈体之先锋。因此，在辞赋流衍的过程，这种短小的篇章，颇带给文体转变之一冲击，理由是"文小易周，思闲可赡。可使义明而词净，事圆而音泽"。文士们看出其中的好处，推而广之，以应用于其他有韵之文或无韵之笔，于是，涓涓细流竟成巨浸了。

《杂文》篇末后，说："汉来杂文，名号多品，或典、诰、誓、问，或览、略、篇、章，或典、操、弄、引，或吟、讽、谣、咏，总括其名，并归'杂文'之区；甄别其义，各入讨论之域；类聚有贯，故不曲述。"这即是说：自汉代以来，文士们为暇豫而制作的文章，虽然随其篇章任意取名什么典，什么诰，什么览，什么略，等等，因其没有特定的用途，仅为个人的兴趣而作的，都可以纳入"杂文"名下。因此杂文之中有如颂赞乐府的，有如箴铭哀吊的，甚至有如章表论说的，故据其性质，只可分别讨论。不过反转来说，在论文叙笔之中所列的各类型的文章，除了有其实际用途的，纵使冠有某种文体之名，其实仍属于"杂文"，有如陆机之吊魏武帝，并非为吊曹操之丧而写，只是借题发挥其个人的感慨，如他的其他诗篇一样。

谐辞·隐语

《文心雕龙》对于杂文有着以上开明的定义：亦即不以文章的题目，而以"暇豫之末造"定其性质。暇豫，见《国语·晋语二》："优施曰：主孟啖我，我教兹暇豫事君。"韦昭注云："暇，闲也；豫，乐也。"后来李善注《文选·景德殿赋》，即用韦昭的注语，以暇豫为逸乐的意思。《礼记·郊特性》曰："诸侯之有冠礼，夏之末造也"，郑玄注此，虽以"衰末"解释"末造"，实只是"后代兴起"的意思。故杂文虽属诗赋的枝派，其选文定篇皆取自汉代以下，其用意显欲说明这一类的文章与逸乐生活关系密切；换言之，这一类文章的写作，纵使有其更严肃的目的，但仍包裹在娱乐性之外衣之内。犹如其总评"七"体，所谓"观其大体所归，莫不高谈宫馆，壮语畋猎，穷瑰奇之服馔，极蛊媚之声色，甘意摇骨髓，艳辞动魄识。虽始之以淫侈而终之以居正，然讽一劝百，势不自反。"势不自反，正是末造以文游戏的作业。

与此同类，《文心雕龙》于《杂文》篇后继以《谐隐》一篇。严格地说，谐隐之文，亦可谓杂文之一；所不同的，它更坦率地走向游戏笔墨。无论其用语之或浅或深，主题之严肃与否，都更注重于其趣味的构造。现在先看《谐隐》篇所作的定义，他说："谐之'皆'也；辞浅会俗，皆悦笑也。"又说："隐者'隐'也；遁辞以隐意，谲譬以指事也。"据此定义看来，前者只是制造公开的笑话，而后者则从曲折的譬喻语中取得解悟时的欢乐。不过，同属欢笑的言辞，有的可以促人反省而得意于文中；有的可以启发良知而会心于言外。于是他把淳于髡夸言"一斗亦醉，一石亦醉"的酒量，与宋玉自诉"目欲其颜，心顾其义"的色情，并为谐辞无伤大雅之例证；而且引据司马迁编写《史记》，没有忘记增入《滑稽列传》，可见谐辞之语或颇不经，而其结论却甚纯正。

不过谐辞之困难，亦在于"辞浅会俗"，容易流为低级趣味。因此《谐隐》篇之"选文定篇"一反常例，专列举一些不大好的作品而从中揭发其缺点，他说：

（谐辞）本体不雅，其流易弊，是以东方（朔）枚皋，铺糟啜醨（谓其仅取文辞之渣滓）。无所匡正，而诋嫚媟弄；故其自称为赋，乃亦俳也；见视如倡，亦有悔矣（二人事，分见《汉书》

本传）。至魏文因俳说以著笑书（曹丕此书，未有著录，仅见于此）；薛综凭宴会而发嘲调（见《三国志·吴志》本传），虽抃笑祍席，而无益时用矣。然而綉文之士，未免枉辔（谓其曲循此道，亦作谐辞），潘岳丑妇之属，束晳卖饼之类（《丑妇赋》失传，《饼赋》见《全晋文》卷八十七），尤而效之，盖以百数。魏晋滑稽，盛相驱扇，遂乃应场之鼻，方于盗削卵；张华之形，比乎握春杵。曾是莠言，有亏德音，岂非溺者之妄笑，胥靡之狂歌欤！

这一段话对谐辞之趣味低落，特为指明，尤其是魏晋文士自视甚高，动辄取笑他人。其中不仅由于士大夫观念使然，而地域观念亦在作祟。如北士南士之互相嘲谑，兼及其形体。但他们都是生活在极动乱的短世，生命危浅，朝不保夕，而喜爱作此种谐辞，《文心雕龙》作者比之为"溺水将死者之妄笑"与"囚徒的狂歌"，是则在评文以外又涉及感喟之意了。

其次是隐语，因有些隐语是以韵文的形式出之，他便附述于论"文"之末。其实隐语"遁譬以指事"，其含义广泛。这道理，在比兴篇中另有详述，这里所说的应属趣味性的一种杂文体。所以他说："讔语之用，被乎纪传：大则兴治济身，其次弼违晓惑。盖意生于权谲，而事出于机智，与夫谐辞，可相表里者也。"接着他叙述这种隐语的发展情形，说：西汉之世，传有《隐书》十八篇，班固《汉书·艺文志》据刘歆的著录把它编在《杂赋》后面。战国时代，楚庄王、齐威王都爱好隐语，到了东方朔尤巧制作，惟是使用不正经的话语相取笑，并无一些规劝补益的作用。自三国时代以来，文士很看不起这样丑角式的玩意儿，一般士大夫有所隐喻时，便形成一种"谜语"的形式。所谓"谜"者，是故意扭转词面把语意埋藏于词面底下，使人听来没头没脑。或把字形拆藏文句之中，如以"绝妙好辞"写成"黄绢幼妇，外孙齑臼。"（见《世说新语·捷悟》篇）；或则描摹物象而不直说那是何物，如荀子的《蚕赋》，实启其端倪。如傅玄之赋《山鸡》云："惟南州之令鸟，兼坤离而体珍。被黄中之五色，敷文象以饰身。翳景山之竹林，超游集乎水滨，鉴中流以顾影，晞云表之清尘。"（《全晋文》卷五十四）即其一例，写了许多，似有所指又不可确知其所指，所以他说："谜也者，回互其辞，使人昏迷也。"但是此种文章，一旦获得知解，或可博人会心一笑。所以他结论，说："文辞之有谐讔，譬九流之有小说；盖稗官所采，以广视听；若效而不已，则髡朔（淳于髡、东方朔）之入室，旃孟（优旃优孟）之石交乎？"

亦许是《文心雕龙》作者想把他所看到各种形式的文章一一都纳于其分类之中，因此连谐辞谜语亦包括在他论"文"之列，这情形犹如他之叙"笔"，最后在《书记》篇中亦附言谱、牒、簿、籍、契、券等，可说是凡见有文字写于纸上而有含义的东西，他都在所不遗。虽然这种属于书写的语言与大作家的作品相去甚远，但由其并收兼蓄的用意看来，又不能不谅解他力求叙述的周到。倘若就这样周到的构想看来，则其在《原道》篇开头便说"文之为德也大矣",实际即已表示要从最广义论"文"。所以于天文地文之外,着眼于人文之突出部分,即是语言文字,因而凡是语言文字的构成物,无论大说小说,均所包罗。不过谐讔末段所称"九流有小说",这小说二字,只是"丛残小语"的意思,并不与近代所称的小说含义相同,这只要看下文列举的淳于髡、东方朔、优旃、优孟等人,便可分晓。因为这些传世的丛残小语,也不是后世所称的小说。并且那些小语,或有韵或无韵,但其功用又不与谱牒契券的文字相同,正像游戏与认真的操作不同一样,他把它们分别附于《论文》与《叙笔》之末,似乎又是他所作分类的一点示意。

(八)关于无韵之"笔"

《文心雕龙》自第十六篇《史传》至第二十五篇《书记》,一共十篇,是他继论"文"之后所作叙"笔"的部分。依现有十篇的编排次第看来,颇具四部书目的分类构想,为"经""史""子""集"的排列。因为"经"是文章之母,他已述于本论部分,这里则以"史"为首,并于"史传"之下,接以"诸子",诸子之下,接以"论说""诏策""檄移""封禅""章表""奏启""议对""书记"。这些作品在后世与"史传""诸子"稍异,多数是编于作家的专"集"里。换言之,那是作家专集里个别的篇章,与史书子书之以全书为叙述的对象不同。因此《史传》篇与《诸子》篇包括范围较广，如同记载于史传里兼有诏策章表议对之文，而诸子又兼具论说之实。所以对这十篇文章要稍微分别来看：史传与诸子，说的是一部书的编写情形；而论说以下，则是某一类型的篇章之制作及其价值的评估。尤其是后者，多与现实的政治制度有关，倘无"受命"的天子，则封禅之文仅是历史的陈迹；至于奏启章表，虽流露着庄严与中肯的感情，但多少总带有奴颜婢膝的形象，这些叙述，既无益于今人之考史，且有害于公文书的文体，这里仅拟为简要的转述。自余有关史笔的运用，论说之建构，《文心雕龙》作者自有其真知灼见，当为分段说明于后。

（九）历史的记述

关于《史传》篇，从前纪昀曾批评它说："彦和妙解文理，而史事非其当行。此篇文句特烦，而约略依稀，无甚高论，特敷衍以足数耳。学者欲析源流，有刘子玄之书在。"这样批评，实在很欠公道！他把一千三百多字的《史传》篇与刘知几二十卷的《史通》全书相比较，而谓《史传》篇说的"约略依稀"，这已是不经考虑的妄言。同时又批评刘勰"史事非其当行"，这不但抹杀了《文心雕龙》作者写此书的一片苦心；而且亦无视此书实在的情形。因为刘勰之"妙解文理"，并不是靠个人的幻想，而他的文学理论可说完全建筑于其论"文"叙"笔"的基础上，从一篇一篇的分析，然后加以归纳成为他的妙解。他在《序志》篇写出自己的这种经验说："诠序一文为易，弥纶群言为难。"显然，他的妙解是从极难处得到的。再看他论文叙笔所用的方法，一则是原始以表末，一则是选文以定篇。原始以表末，正是他使用的历史方法；而选文以定篇，又是那历史方法所用的验证。这样严格的构思，较之纪昀的《阅微草堂笔记》，谁的史事更为当行，不问可知。抑且刘知几的《史通》继承在《史传》篇之后而加以扩大增详，固是事实；但许多有关史传文章的原则问题，《史通》倒是依据这篇短文的义旨来发挥的。纪昀与《文心雕龙》成书的时代相隔千有余年，中间文变纷纭，以其丰富的想象力批评此书，有时颇合时代不同者的看法；唯是说刘彦和不习史事而写《史传》篇只是"敷衍以足数"，则是个十分错误的断案。现在试就此篇，言其大要。

《史传》篇首作"原始表末"的叙述。他以为"史"的来源当然与文字记载有关，因此他据传说首推那创造文字的——又或说是黄帝的史官——仓颉。接着则述史官的职务，并为之释名章义，说是"曲礼曰：'史载笔。'史者，使也；执笔左右，使之记也。"为解释这"左右"，他便依据《汉书·艺文志》叙春秋家的话说："古者，左史记'言'，右史书'事'；'言'经则'尚书'，'事'经则'春秋'。"于是，《尚书》与《春秋》，便为史文的祖本。然而《尚书》记载有唐虞时代的典谟以及夏商时代的诰誓，这些上古时代的记"言"之文，虽不是孔子写的，但流传至孔子

106

之手，经他慎重选编成为《尚书》之后，便与他据鲁国旧史料编写而成记"事"的《春秋》，并为经典之作。这两部经典，便是史文祖本的由来。不过《春秋经》的编写，是运用中国字的高度性能，每一句话甚至每一个字都隐藏着很多的事实与作者对那事实的意见。这又与《尚书经》里仅因上古文字的隔阂而不容易为后人看得懂的情形稍异。因为古今文字的隔阂，只要使用训诂的方法把它翻译出来，其意义便"昭昭然若日月"之明；至于《春秋经》的文字背后还带着一大串故事，而作者又常常把他对那故事所持的观点融合在其简短的字句内，则须要另外为之宣说传述，于是，经文之外又有"传"体的史文。其中实况，依他说的是：

　　昔者，夫子悯王道之缺，伤斯文之坠，因鲁史以修《春秋》。举得失以表黜陟，征存亡以标劝戒。褒见一字，贵逾轩冕；贬在片言，诛深斧钺。然睿旨幽隐，经文婉约，丘明同时，实得微言；乃原始要终，创为传体。传者，转也：转受经旨，以授于后，实圣文之羽翮，记籍之冠冕也。

这样，记事之史，《春秋经》与左丘明的《左传》并言，便成正统的史传文的基础。不过这种史传之记事，是以年代的先后为骨架，而活跃于那些年代的人物行动，不免被分割附着于不同的年代，就"人物"的观点看来，便显得零乱难明，于是有司马迁的变通方法：他使用年代先后为主体的记事之外，还增列以"人物"

为主体，以及其他可以独立成为体系的史迹为主体的记事；甚且，还怕那些记事的纲领不够清晰，更补以种种表格式的记载。于是，他对司马迁的《史记》作如下的提示，说：

> 子长继志，甄叙帝绩。比尧称"典"，则位杂中贤；法孔题经，则文非元圣，故取式《吕览》，通号曰"纪"。纪纲之号，亦宏称也。故"本纪"以述帝王，"世家"以总公侯，"列传"以录卿士（以上四句据班彪《史纪论》），八"书"以铺政体，十"表"以谱年爵。虽殊古式，而得事序焉。

这是说司马迁保留年代先后的写法，但避免使用《书经》里尧典舜典之称，与《春秋经》的名号，而改依《吕氏春秋》十二月纪之"纪"，每一帝王的年历，都称"本纪"。亦即，本纪是"编年"书写的。此外，春秋列国的记事，虽亦以年代为顺序，但他们不是一统之尊，故改用"世家"为题。至于那许多年代中"扶义倜傥之士，能立功名于天下"者，则全以"人物"为主干，而编写列传。此外，又个别的就历代"礼、乐损益，律、历改易，兵权、山川、鬼神"等之承敝通变，写成《礼书》《乐书》《律书》《历书》《天官书》《封禅书》《河渠书》《平准书》等八书，以及春秋十二诸侯、六国诸侯、汉兴以来诸侯、汉高祖功臣、惠帝景帝时诸侯、汉武帝诸侯、诸王子侯以及汉兴以来将相名臣等年表九种；另加秦之将亡、楚霸王与群雄角逐，因其为时短促，不能以"年"编列，乃改称"秦楚之际月表"，合上九种，共成十表。他说司马迁《史记》如此"区详而易览"，所以后代的史家便据以为模范；至于其他记言与编年之史，反居其次。后来刘知几的《史通》，首列六家（《尚书》《春秋》《左传》《国语》《史记》《汉书》），看似比这《史传》篇说得详细，实则《春秋》《左传》，时事相附，只是编年史体之宗；而《汉书》承袭《史记》，亦仅为纪传体之续。所以刘知几于叙"六家"之后，即接以"二体"一篇。《二体》篇中既以《春秋》《左传》与《史记》《汉书》对立，而在六家中却以《史记》屈为六者之一，这样，说它详细，实亦多余。因为六家记述的重点不同，而后人继作，记言纪事虽各有独到，但自隋书以下，艺文分类，正史之外增以编年史与杂史之科，以史料价值言之，固难分高下，然纪传之体终居上流。故《史传》篇所叙，即以此体为中心。

不过，有趣的是：《史传》篇对司马迁把那没做过一朝"天子"的项羽列在"本纪"，而与夏商周的天子以及秦始皇一同南面称尊，这种安排，并没有表示异议；唯独对汉高祖的吕后混在"本纪"中占有一整篇的地位，则大表不满；甚至连班固《汉书》亦被斥责，说是"孝惠委机，吕氏摄政，史班立'纪'，并违经实。何则？庖牺以来，未闻女帝者也，汉运所值，难为后法。牝鸡无晨，武王首誓；妇无与国，齐桓著盟；宣后乱秦，吕氏危汉，岂惟政事难假，亦名号宜慎矣。"说来振振有词，这如果不是他的观念上有个大男人主义在作怪，或许就是他在落发之前，老早就对女性有些偏见了。虽然这个问题，后人亦在不断地讨论，但从兴亡败寇的历史上争个正统的事实，似犹不及项羽应否列于"本纪"的问题来得严重。因为班固就不敢这样做，他把项羽降入列传而与陈涉为伍。这事刺激了刘知几，使他为此喋喋不休，在《史通》的"本纪""列传"等篇反复地指责司马迁的不是：说项羽号止"霸王"，而"霸王者，即当时之诸侯，诸侯而称本纪，求名责实，再三乖谬"。不过这是大统一时代史官的观念，但《文心雕龙》作者生存于江左偏安之局，在无可奈何的心情之下，亦许觉得这一类名号之争，还是免了的好，何况他看到后代史文的发展，可关心的事甚多，而虚伪不公平的记载正层出不穷，如他感慨地说：

若夫追述远代，代远多伪。公羊高云："传闻异辞"，荀况称"录远略近"。盖文疑则阙，贵信史也；然俗皆爱奇，莫顾实理：传闻而欲伟其事，录远而欲详其迹；于是弃同即异，穿凿旁说，旧史所无，我书则传，此讹滥之本源，而述远之巨蠹也。至于记编同时，时同多诡，虽定哀微辞，而世情利害。勋荣之家，虽庸夫而尽饰；迍败之士，虽令德而常嗤。吹霜煦露，寒暑笔端，此又同时之枉，可为叹息者也。故述远则诬矫如彼，记近则回邪如此。

按事实，这一段话正触到史文的大问题，但是他对这大问题却采

110

取折中的办法，说是对于一个大好人犯的小错误，是无须计较的。因为尊重贤者而隐讳其细微缺点，本是孔子写《春秋》之笔法。至于大奸贼，则不可屈服于其权势而必须直笔诛伐，有如农夫之锄草，尽其除恶务尽之力。此外说到制作史文的要点，他不像刘知几差不多用二十篇的文字来讨论，而他仅写下："至于寻繁领杂之术，务信弃奇之要，明白头讫之序，品酌事例之条，晓其大纲，则众理可贯。"六句话，二者相较，似乎逊色甚多。实则不然，因为讲到文章怎样写，《文心雕龙》亦有将近二十篇的文字列于下卷。下卷专论修辞，他既以"修辞立其诚"为第一义，在这意义下之史文以信实为贵，就不过是立诚之一端而已，故《史传》篇之敷理举统，他就不再繁述了。这只要看过《文心雕龙》全书，便可了然；并且亦从而可知那刘子玄本即是从《文心雕龙》中参会了史文的制作，而在《史通》里大谈其写作经。

（十）诸子百家

编次于《史传》篇后面的《诸子》篇，大意与《史传》篇一样，讨论的主题是流传于世的"子书"，故其述说亦近似后人编写的书目提要，而实际关系于文章写作的问题，反而要看《诸子》篇后的《论说》篇了。不过他对于"写作事业"的肯定，却在这一篇中有着语重心长的表示。他说：

诸子者，入道见志之书。太上立德，其次立言。百姓之群居，苦纷杂而莫显；君子之处世，疾名德之不章。唯英才特达，则炳曜垂文，腾其姓氏，悬诸日月焉。

这是文士们自求不朽的愿望，亦是民族文化进展的动力，自孔子以下，莫不如此。但及汉代季年，世变愈亟，而文士对于永恒之追求，似亦更加迫切，而英才特达之士，莫不想"炳曜垂文，腾其姓氏"。一直到了《文心雕龙》作者的时代，虽然写作"子书"的愿望颇为结撰"文集"的行为所分散，但此二者，于自求不朽之意愿则是相同的。只因时代趣味转变，文体解散，写作"专书"与经营"别集"，看似有点不同而已。尤其是看到《诸子》篇开端的示意，参合作者在《序志》篇中的自叙，可信刘勰之撰写《文心雕龙》，即是有意接续诸子的遗风，要将自己的"入道见志之书"，垂于永久。只是这点愿望能否达到目的？当然他本人无从预料，所以他又在《诸子》篇末感叹地说："嗟夫！身与时舛，志共道申，标心于万古之上，而送怀于千载之下，金石靡矣，声其销乎！"（按，《古诗十九首》有言："人生非金石，岂能长寿考；奄忽随物化，荣名以为宝。"）显然，他的感叹正出自古诗人之心，自求不朽之意是十分殷切的。

《诸子》篇所作原始表末之谈，他以为"子书"肇始《鬻子》，但是辑成于战国时代，故应与《老子》并列。依次及于孟子、庄子、墨子、尹文子、野老、邹衍、申不害、商鞅、鬼谷、尸佼、

112

青史子等，大抵皆就《汉书·艺文志》著录的九流十家以为说，这里不再多引。至于，自汉以下，他则为之总叙云：

> 若夫陆贾《新语》，贾谊《新书》，扬雄《法言》，刘向《说苑》，王符《潜夫》，崔寔《政论》，仲长《昌言》，杜夷《幽求》，咸叙经典，或明经术，虽标"论"名，归乎诸子。何者？博明万事为"子"，适辨一理为"论"，彼皆蔓延杂说，故入"诸子"之流。夫自六国以前，去圣未远，故能越世高谈，自开户牖，两汉以后，体势浸弱，虽明乎坦途，而类多依采，此远近之渐变也。

这里说到"子书"末流变得"类多依采"，意即汉代后人写的子书，多数是依傍承袭前人的遗说，而缺少自己的创见，这是不错的；但把先秦诸子之能"越世高谈，自开户牖"的原因归于"去圣未远"的理由，则是一句未加考虑的漫谈。姑不论战国时代诸子争鸣，是由很多原因凑成的，而其中为了思想上不同的头绪，在上古著作事业没有发达之时，而流传的子书几乎没有。到了七国争雄，那些善鸣之辈受到急功好智的时君世主之鼓励，乃能肆无忌惮地大发"越世"之高谈。因为那些高谈必须凌驾现有的言论，自然要别开户牖而成一家之言了。按其实情，正该说是"去圣已远"，圣言失其统驭的势力，而学术乃至分裂，出现了种种不同的家数，种种见解不同的子书。其间影响力巨大的，才是后起的子书所依采的根据。

不过他在同一段叙述中还提出"博明万事为子，适辨一理为论"。这确是很好的定义。据这定义，可知所谓子书都不是记载单一的事件的，但它对于任何事件，总要以论定"一理"为其职责。所以他认"博明万事，适辨一理"为子书的特色。这意见正似王充把桓谭《新论》列为甲等著作（见《论衡·超奇》篇），即因其为"论世间事，辨照然否"。亦即是"虽标论名，归乎诸子"。因此，《诸子》篇只是略述诸子的书名，而真正的叙"笔"，最好还是看一看下面的《论说》篇。

(十一) 论·说

《论说》篇亦依前例，他把"论"与"说"分开叙述。但开篇为"论"之释名以章义的话，却说得有一点奇异。他说：

> 圣哲彝训曰"经"，述经叙理曰"论"。论者伦也；伦理无爽，则圣意不坠。

这点意见，与他在《诸子》篇说汉代以来"体势渐弱""类多依采"的文论，说法颇有不同。因为后人立论而不坠圣意，必然要出之以"依采"。同时亦与下文所言"论也者，弥纶群言，研精一理者也"的意思互相出入，因为既是弥纶"群言"，就难保"圣意"不坠。如果要把这前后参差的意见摆平，则须先谅解他这是在"宗经"的前提下说的，而且把"论"看作解释圣意的文章。在圣意的笼罩之下，论文可用以陈政、释经、辨史、诠文；故论体的条流虽多，然而研精一理，其目的仍在圣意。换言之，"论"是用以显示圣意的文体，故其辨正然否，区判是非，须先有个自己的立场，而这立场亦即是那"圣意"所在。

为了他把论的基本作用放在这样崇高的基础之上，所以把传注之文包括为"论"之一部分，而不言"述经叙理"曰传曰注，一以"论"统辖之。或疑"经""传""注""疏"之称，是中国治学的常辞，而以"经""论"相附，则以是佛书的名目。抑且刘勰编撰《文心雕龙》同时还为定林寺的佛书编目，此处他以论附经，今人或疑其是受到佛书的影响。这种考虑固然亦颇适当，但依下文谓以"论"释经"则与传注参体"，便可知这释经之经，是指孔子的经书；而述经叙理之"经"，乃泛指圣哲之"彝训"，其中有着广义、狭义之分，因而广义之"论"乃有"八名"，传与注不过是八名中之二。如果此义可通，则亦无须更做过多的疑虑。

今按其所谓与论文名异实同的八种文章，依他的意见是：有关政治的论文如"议""说"，有关经书的论文如"传""注"，有关史事的论文如"赞""评"，有关题旨的论文如"序""引"；而"议"是提出适宜的见解，"说"是提出使人悦服的意见；"传"是转授先师宝贵的经验，"注"是确定文字真正的含义。至于"赞"则以补充史文之未备，"评"乃以裁量公正的事理。"序"以条理叙事，"引"以贯串题旨。名称虽有八种，但揆其功用，都正是论之所以为"论"的要点。

其次，他于原始以表末方面，以为经书里没有用"论"为名的，有之，当自《论语》一书为最早。他据此，并怀疑相传姜太公的《六韬》中有《霸典文论》与《文师武论》二篇是后人添上的名称，而真正以"论"为名的，应数庄子的《齐物论》以及《吕氏春秋》里的《开春》《慎行》《贵直》《不苟》《似顺》《士容》六论之名。到了西汉，有众经师会议记录订成的《石渠论》与东汉经师会议记录订成的《白虎通德论》。这种论，实即是"议"，而且议的是"经"，因此他认为那才是"论家之正体"。此外，如班彪的《王命论》（见《昭明文选》卷五十二），严尤的乐毅、白起、王翦《三将论》（其文失传），则皆与史文有关。到了曹魏时代，曹操先则兼用名家的论理与法家的科条，因"名"立法，以"法"治人。这风气很引发文士们思辨的偏差，舍事实而校练名理，如傅嘏的《才性论》（失传）、王粲的《去伐论》（失传）已开纯理论之先河；继之如嵇康之《声无哀乐论》（《全三国文》卷四十九）、夏侯玄之《本无论》（失传）、王弼之两例（谓《老子》及《周易》略例，今存）、何晏的《无名论》《无为论》（《无为论》失传，《无名论》见《全三国文》卷三十九）。他说这几篇都是"师心独见，锋颖精密，盖'论'之英也"。不过可注意的，儒者传"经"之论，经过名理的校练，又充实以老子庄子的思想，虽使"论"之内容进入形上的虚玄境界，然自汉以来使用"碎义逃难"，而烦絮不堪的论文亦重新得到了思考上的进展。所以在他的心目中，这些虽不算是"论家之正体"然亦不能不说是"论之英也"。其余，他说：如魏李康写的《运命论》（见《昭明文选》卷五十三），所说的很像王充的《论衡》（今存），而文辞则较优雅，西晋陆机写的《辨亡论》（见《昭明文选》卷五十三），想要模仿贾谊的《过秦论》（见同上书），但运笔没有那样自然，但在那抽象的理论之外的论"事"的文章里，亦可说是很好的了。同时继承老庄一派的抽象理论家，如宋岱的《周易论》（失传），郭象的《庄子注》（今存），都潜心于形上的知解，而王衍、裴頠更专意于形上论中的"有""无"的问题（王衍主"无"之论不传，裴頠的《崇有论》见《全晋文》卷三十二）。这些人的论文不但轰动当时，还造成了清谈的风气。然而"有""无"之论，各有所偏，所辩论的只是空洞的名词，等于是"语言"的游戏。这风气传到东晋，一般清谈家在语辞上虽亦时有进展，只是辩论的主题仍不外乎宇宙起源于"有"抑或起源于"无"？声音果真有感情的成分抑或只是闻声者的心理作用？讲究修炼是否即可长生不老？以及语言能否百分之百地表达心意等前人讨论的老话头。在这系列的论文之外，较早的如张衡的《讥世论》、孔融的《孝廉论》（二文失传），前者看似玩弄文辞，后者只是挖苦嘲笑；而大诗人曹植的《辨道论》（见《全三国文》卷十八），写得更糟，像是读书札记。如果没有独特的见解，最好还是不要写这种论文。（以上是据原文释述）

这样，他把论文流衍的情形说个大概之后，接着作"敷理以举统"的说明。他说：

原夫"论"之为体，所以辨正"然""否"，穷于有数，究于无形，迹坚求通，钩深取极：乃百虑之筌蹄，万事之权衡也。故"义"贵圆通，"辞"忌枝碎；必使心与理合，弥缝莫见其隙；辞共心密，敌人不知所乘；斯其要也。是以论如析薪；贵能破理，斤利者越理而横断，辞辨者反义而取通；览文虽巧，而检迹知妄。唯君子能通天下之志，安可以曲论哉！

这里说明论文的原则是在矫正不正确的观念，从形下的"事"推究至形上的"理"。疑难的事理必须取得其贯通，奥妙的事理必须研求其至当。因此论文像是思辨的罗网，估量万事的天平。立论要具有普遍性，而用语不能杂乱分歧；要使自己的观点与事理密合无间，而写下来的没有一点供人攻击的破绽，这应为最基本的要求。所以做论文就像劈木头一样，要看准纹路，一刀劈开；如果仅靠斧头锋利，不顾理路来横截，有如诡词谲说，不顾正理但求耸听，这样的论文，只是说得有趣，按以事实却大谬不然。所以有真知灼见的人必然具有共通的、普遍的看法，亦必不会写下歪曲事理的论文了。

这是《论说》篇对论文所作的结论。

至于"说"，他却不着重于对"说明文"的讨论，而首先即把"说"字解释为"悦"字，而且特借《易经·说卦》之文来解释："说者悦也。兑为口舌，故言资悦怿。"倘照这意思直译，则他之所谓"说"，等于讨人欢喜的甜言蜜语了。于是他赶快补充说："过悦必伪，故舜惊谗说。"然后接以"说之美者，伊尹以论味隆殷，太公以辨钓兴周；及烛武行而纾郑，端木出而存鲁，亦其美也。"从其列举"美说"的例看来，乃知他之于"说"，是着眼于"游说者"的说辞之"说"。伊尹论味之事，见《吕氏春秋·本味》篇，伊尹见汤，先不谈天下事而从烹调菜肴说起；姜太公见周文王亦是这样，从钓鱼说到天下事（事见《六韬·文师》篇）；烛之武以三寸不烂之舌，使秦军退却而保全了郑国，见《左传·僖公三十年》的记载；至于子贡之游说齐国田常，使他不再侵略鲁国之事，见载于《史记·仲尼弟子列传》。这一些全似"纵横家"的祖师，先使用一段投人所好的对话诱导对方进入其设计的范围，如果这是"说"之美者，那应在其动机与目的之美；至于说辞，则与那为个人功名利禄打算的"纵横家"并没有两样。所以他接下全以纵横之徒为例，而说：

战国争雄，辩士云涌；从横参谋，长短角势；"转丸"骋其巧辞，"飞钳"优其精术。一人之辩，重于九鼎之宝；三寸之舌，强于百万之师；六印磊落以佩，五都隐赈而封。至汉定秦楚，辩士弭节，郦君既毙于齐镬，蒯子几入乎汉鼎。虽复陆贾籍甚，张释附会，杜钦文辩，楼护唇舌，颉颃万乘之阶，诋嗤公卿之席，并顺风以托势，莫能逆波而沂洄矣。

这里提到的"转丸""飞钳"据说都是鬼谷子发明的辩术，苏秦用之得佩六国的丞相印，张仪用之亦得封五处富足的都邑。但到了汉高祖灭了秦、楚，天下统一，这些说客们就没有地方挑拨是非亦即取消了游说的使命。如郦食其之游说齐王，结果被投进锅中煮烂；蒯通初说汉王，亦几乎被丢入锅里（事见《史记·郦食其传》及《淮阴侯传》）。其他，如陆贾名气之大，张释之附会之能，杜钦清晰的辞令，楼护爽利的口才。但这些人能上下宫廷之中，谈笑于公卿席上，其实都靠着看风转舵来说话，并没有建立自己的主张。接着他又说："说辞固然要使彼此投缘，随机应付，不只是口头讲的委婉，有时亦须见于笔墨。例如范雎上《秦昭王书》（见《史记·范雎传》）能化险为夷；李斯《谏逐客书》（见《昭明文选》卷三十九）能扭转事态；都是先由于说得投缘而又切合事理，所以能挽回权威者的意旨而做到言听计从，这应是上书中较好的方法。又如邹阳上书吴王与梁王，暗示他们不可贪图不轨，因其设喻巧妙而又说理透彻，所以虽似揭发阴私，却不至于使对方发怒（事见《汉书·邹阳传》）。至于东汉冯衍之《说邓禹鲍永》（其文失传）既不切合时务而又言语拖沓，所以落得到处碰壁。因此，说辞的原则，必须使其有利于当时而又不失其正义，这样才可做到'进有契于成务，退无阻于荣身'。除非有意诓骗敌人，一应皆以'忠信'为主。但是陆机《文赋》却界定'说，炜晔以谲诳'，这岂不是只顾花言巧语来行诈，把所有的人都当作敌人了吗？"（以上译原文）这些话应算是对"说"所作"敷理以举统"的意见。

（十二）公文书及其他应用文

《文心雕龙》之叙"笔"，于《史传》《诸子》《论说》之下，并列《诏策》《檄移》《封禅》《章表》《奏启》《议对》《书记》七篇。这种"文""笔"的区分，在范晔（398—445）时代似乎还不太严格，观《后汉书·文苑传》分叙诸人作品，往往是把诗赋与书记论说并称为"文"（如李尤、葛龚等传），而刘勰自己在《总术》篇说这严格的分类是起于近代，他虽则不甚同意但或因叙述的方便，亦即照样采用了。不过经他如此安排，而影响颇为深远。日僧空海的《文镜秘府·论西》卷，引到文笔式一书，即肯定地说："制作之道，唯笔与文。文者：诗、赋、铭、颂、箴、赞、吊、诔等是也。笔者：诏、策、移、檄、章、奏、书、启等是也。"显然，这是完全根据《文心雕龙》排列的；所不同者，文笔式未将《史传》《诸子》《论说》罗列在内，其理由或即如前章提到的，那些"笔"的内容与诏策等又略有不同。这种不同，不特是那些制作在实务的应用上有所差异，据《宗经》篇的说明，它们的来历亦有区别。《宗经》篇说："论说辞序，则易统其首；

诏策章奏，则书发其源。"《书经》为"记言"之体，主要是记载公务书牍。公务书牍的内容是为时事而作，以史料看来，实具有档案的价值；但从文章的制作着眼，它的言说方式便与政治体制密切相关。如果政治体制已经变革，则这几篇叙笔的文章，便是"无益后生之虑"的了。所以此处但引述他所作"原始以表末""释名以章义"部分的话语，聊充我国公文书沿革的参考而已。

一、诏策，是专制时代的施政命令。《诏策》篇说：这种文书在黄帝至尧、舜时代，同称为"命"，到了夏、商、周三代，别称"诰命"；而另加"誓"文一种，为军事行动所使用。战国时代，常用的称为"令"，而令，还是"命"的意思。后来秦始皇并吞六国，统一天下，自称"皇帝"，改"命"为"制"。到了汉代初年，制定公文书程式，把原始的"命"，视其用途不同而区分为四种：一曰"策书"，用以封建王侯；二曰"制书"，用以裁定政事；三曰"诏书"，用以布告意旨；四曰"戒敕"，用以矫正官常。凡此种种，都是由上告下的文书，历史上有皇帝的时代，几于相沿不改。次一等的告下文书，别称为"教"，为王侯所用。其含义是"教者效也，言出而民效也"。后来政体，封建与郡县兼行，郡县长官下行之文，亦谓之"教"。然而世变纷更，这些书牍名称亦颇遭滥用，策书不特用以封建王侯，而皇帝或太子纳妃亦用同等的书牍；而戒敕之文不特用以警诫百官，而人们告诫儿子亦可用戒书了。按其名义，"策书"略等于今日政府发给的"证书"，其他制诏戒敕则又合为现行的行政命令。

二、檄移。"檄"是讨伐敌人的文告。《檄移》篇云:"春秋战征,自诸侯出,惧敌不服,故兵出须名。振此威风,暴彼昏乱,刘献公所谓'告之以文辞,董之以武师'者也。"到了战国,始称为"檄",檄是皎然明白亦即"公开"的意思,所以此种公开之文告,或称"露布"。到了汉代,州县征召吏员,亦用此檄,考其用意,当为表示这是公开的推选,而与公开敌人罪状的作用相同而内容则相反。至于所谓"移",他说:"移者易也。移风易俗,'令'往而民随者也。"因此,这种文书虽具有命令的性能,但须兼有说服的力量,于运用职权之外还要有重大的理由为依据。他列举司马相如移书《难蜀父老》及刘歆移书《责让太常博士》等文为例,但是司马相如的移书,《昭明文选》则置于"檄"文之列,所以他亦不能不承认"移"的意用小异,而体义大同,与"檄"参伍了。

三、封禅文,是皇帝受天命以治理天下,登上高山,对天报告治理成绩的文章。其起源至为暧昧,但多为纬书所称道。纬书既杂有燕齐方士之说,故告天只是形式,而实际的目的仍以受命登仙的神话煽惑那些享极人世尊荣的君主。《文心雕龙》作者看到司马迁《史记》之八书列有封禅书,认为古来文章本有这特殊的一种,不得不叙。其实,他对这"一代典章"亦颇闪烁其词,他说:"昔黄帝神灵,克膺鸿瑞,勒功乔岳,铸鼎荆山。大舜巡岳,显乎虞典,成康封禅,闻之乐纬。及齐桓之霸,爰窥王迹,夷吾谲陈,拒以怪物。固知玉牒金镂,专在皇帝也。然则西鹣东鲽，南茅北黍，空谈非征，勋德而已。"随后又举扬雄的《剧秦美新》与班固的《典引》为例，而又借《典引》中评语称"封禅靡而不典，剧秦典而不实"，料量前后，对这虚饰之文，颇寄以微辞。然这种专制君主的大迷信，历代好大喜功的皇帝都不惜劳民伤财，奉行不怠，因而这封禅文便亦别具一格了。

四、章表，是由下对上表达意见的公文书。在先秦时代，但称"上书"，秦世改制，称为上"奏"，到了汉初制定公牍名称，与下行的公牍一样，上奏之文亦区分为四：一曰"章"，二曰"奏"，三曰"表"，四曰"议"。但在事实上，下行的文书虽由皇帝发出，而制作文书的仍是皇帝手下的文臣。历史上文臣的人数，千百倍于皇帝，而且皇帝的命令，影响广大，自来就不轻易发出；至于群臣上书，人多事繁，虽亦定为四种，但每种文章都传下不少的数量，记载于诸文臣的遗集中，因此，《文心雕龙》独对这种上行文，分别写了《章表》《奏启》《议对》三篇。并说："章以谢恩，表以陈请。"似乎二者的使用不同。但他又说："按七略、艺文，谣咏必录；章表奏议，经国之枢机，然阙而不纂者，乃各有故事，而布在职司也。"意思是说这种文章与当时的政事相关联，所以刘歆《七略》、班固《汉书·艺文志》都没有特别加以著录。于是他亦以"章表"连言，并把谢恩与陈请，说成一气了。倘据蔡邕《独断》所述，二者虽同可用于谢恩陈事，但书写形式略有差别。《独断》云："章者需头，称'稽首上书'，谢恩陈事，诣阙以通者也。表者不需头，上言'臣某言'，下言'臣某诚惶诚恐，顿首顿首，死罪死罪。'文多，用编两行；文少，以五行，诣尚书以通者也。"按其所言，意谓"章"是直接上书与天子，而"表"则由尚书转达与天子，二者程式各异而为用则同。后来混用，所以章表篇说的更亦二名为一。

五、奏启，即古之上书。汉仍秦制，以为上行公文之一，而为用亦最广泛。《奏启》篇云："陈政事，献典仪，上急变，劾愆谬，总谓之奏。奏者进也，言敷于下，情进于上也。"依此解释，奏的用途既广：用以疏通情由者，又称"上疏"；用以按劾犯罪者，又称"弹事"；而事关机要必须紧密加封以进者，又称"封事"。魏晋以下，临事启奏，本有"笺记"：上写"启闻"，末书"谨启"，形式简便而兼有表奏的用途，既可用以陈述政事，亦可用以让爵谢恩。这种"启"的书牍，本是为了下情上达的公文书，但后人自谦，虽于平辈亦多用之，则又不仅贪其简便，而推尊他人贬抑自己又似是表示谦逊故用"启"了。

六、议对。《议对》篇云："周爰咨谋，是谓为议。议者宜也，审事宜也。"又云，"对策者，应诏而陈政也；射策者，探事而献说也。言中理准，譬射侯中的；二名虽殊，即议之别体也。"综合这前后的解释，二者都是天子交付讨论，而将讨论结果写成报告的公文书。议事的历史，可以上溯至黄帝的明台之议，见载于《管子·桓公问》篇；但列为上行的文书之一，应由汉初的定制。自此"楷式昭备，蔼蔼多士，发言盈庭"。当然这是朝廷的公议，有异"处士"之横议。但是"议"者，既以讨论事端为主，而对事之意见未必相同，因而"议"之为名，又兼"驳议"。他说："迄至有汉，始立驳议。驳者，杂也。杂议不纯，故曰驳也。"在此之外，为了广征意见，或特设问题，使人解答，这样没有固定人选参加会议的讨论，只是求"对"而已。而对策，射策皆属之。这种由天子命题，让文士设辞以"对"，对得"言中理准"，不是以"第一登科"，便是以"甲科入仕"；其实就是考试学子的开端。命题，是一种文章；对策亦是一种文章，自汉迄于科举制度终止之时，确实，历代都存有这两种记载，虽不是议事的记录，但却含有"议"的意义。

七、书记，是广义的名词，所以这一篇开头便说："大舜云：书用识哉，所以记时事也，盖圣贤言辞，总为之书。"又说，"夫书记广大，衣被事体，笔札杂名，古今多品。"对于这样包括广泛的文章，他的叙述方式是先从古来文籍中凡题目带有"书"字的文章说起，并为之释义云："书者，舒也，舒布其言，陈之简牍，取象于夬，贵在明决而已。"然而这种明决的书牍，其见于先秦载籍，都没有完整的形式，只像是史家记下当时人们发表的言论。因此他说"三代政暇，文翰颇疏"，又说他们的书牍"辞若对面"。他把书牍看作对话一样，是否由于史家简括原来的书翰而只留下中间重要的话语，他既无从考实，所以在所谓"笔札"一项便从司马迁《报任安书》说起，认为那便是后世通行的尺牍形式。其中有同于表奏的，则称"奏书"。他说："迄至后汉，稍有名品：公府'奏记'，而郡将'奏笺'。记之言志，进己志也；笺者表也，表识其情也。"他以为使用此种笺记，于公文书中没有表奏那样严重，但又比一般尺牍来得正式，是介乎私人笔札与正式的表奏之间的一种公文书。

此外，使用文字记载的书牍，因其用途不同，名称各异。用为经济民政的，有谱、籍、簿、录；用为医药历数与占卜者有：方、术、占、式；用为军民生活规范者有：律、令、法、制；用为彼此信据者有：符、券、契、疏；用为官府办事者有：关、刺、解、牒；用为民众申诉者有：状、列、辞、谚。这许多书牍的名称，有的沿用至今而未改，有的随时简化而易名。这里，据其所作说明，照抄如次，借为了解古代书牍名义的参考。他说：

谱者普也，注序世统，事资周普，郑氏谱诗，盖取乎此。

籍者借也，岁借民力，条之于版，春秋司籍，即其事也。

簿者圃也，草木区别，文书类聚，张汤李广，为吏所簿，别情伪也。

方者隅也，医药攻病，各有所主，专精一隅，故药术称方。

术者路也，算历极数，见路乃明，九章积微，故称为术，淮南万毕，皆其类也。

占者觇也，易辰飞伏，伺候乃见，登观书云，故曰占也。

式者则也，阴阳盈虚，五行消息，变虽不常，而稽之有则也。

律者中也，黄钟调起，五音以正，法律驭民，八刑克平，以律为名，取中正也。

令者命也，出命申禁，有若自天，管仲下令如流水，使民从也。

法者象也，兵谋无方，而奇正有象，故曰法也。

制者裁也，上行于下，如匠之制器也。

符者孚也，征召防伪，事资中孚，三代玉瑞，汉世金竹，末代从省，易以翰书矣。

契者结也，上古纯质，结绳执契，今羌胡征数，负贩记缗，其遗风欤？

券者束也，明白约束，以备情伪，字形半分，故周称判书。古有铁券，以坚信誓，王褒髯奴，则券之谐也。

疏者布也，布置物类，撮题近意，故小券短书，号为疏也。

关者闭也，出入由门，关闭当审，庶务在政，通塞应详。韩非云：孙亶回圣相也，而关于州部，盖谓此也。

刺者达也，诗人讽刺，周礼三刺，事叙相达，如针之通结也矣。

解者释也，解释结滞，征事以对也。

牒者叶也，短简编牒，如叶在枝，温舒裁蒲，即其事也。议政未定，故短牒咨谋，牒之尤密，谓之为"签"。签者，纤密者也。

状者貌也，体貌本原，取其事实，先贤表谥，并有"行状"，状之大者也。

列者陈也，陈列事情，昭然可见也。

辞者舌端之文，通己于人。子产有辞，诸侯所赖，不可已也。

谚者，直语也。丧言不及文，故吊亦称谚。廛路浅言，有实无华。邹穆公云"囊漏储中"，皆其类也。《太誓》云："古人有言：牝鸡无晨"，《大雅》云："人亦有言：惟忧用老"，并上古遗谚，诗书所引者也。至于陈琳谏辞，称"掩目捕雀"；潘岳哀辞，称"掌珠""伉俪"；并引俗说而为文辞者也。夫文辞鄙俚，莫过于谚，而圣贤诗书，采以为谈，况逾于此，岂可忽哉！

第二章 《文心雕龙》下编的结构

一、篇次问题

依照通行本《文心雕龙》后半部篇目的次第是：

卷六：《神思》第二十六

　　　《体性》第二十七

　　　《风骨》第二十八

　　　《通变》第二十九

　　　《定势》第三十

卷七：《情采》第三十一

　　　《镕裁》第三十二

　　　《声律》第三十三

　　　《章句》第三十四

　　　《丽辞》第三十五

卷八:《比兴》第三十六

《夸饰》第三十七

《事类》第三十八

《练字》第三十九

《隐秀》第四十

卷九:《指瑕》第四十一

《养气》第四十二

《附会》第四十三

《总术》第四十四

《时序》第四十五

卷十:《物色》第四十六

《才略》第四十七

《知音》第四十八

《程器》第四十九

《序志》第五十

以上一共二十五篇,与前半部的篇数正好相当,唯第四十《隐秀》篇,其中文句残缺甚多,明代以来虽有人为之增补,但皆不受读者采信,仅有宋人编的《岁寒堂诗话》及《吟窗杂录》引述的几句,不见于今本残文之中,或可信为原篇所有。然而这些残余的句子,既没有上下文足资连缀,亦很难看出原作者在这一篇里叙说的体系,所以《隐秀》篇意见只可存疑不论。唯是由于这种残缺及宋人的引述这件事看来，大体可见《文心雕龙》的后半部五卷之书，自宋代以后即不似前五卷完整。依据原作者在《序志》篇自述后半部的编写计划是这样的，他说：

至于剖情析采，笼圈条贯：摛神性，图风势，包会通，阅声字；崇替于时序，褒贬于才略，怊怅于知音，耿介于程器，长怀序志，以驭群篇；下篇以下，毛目举矣。

这几句话，显然与后半部的篇目次第有关。摛神性，似为《神思》与《体性》二篇相连。图风势，但现在的《风骨》篇之下却夹入《通变》，而后才到《定势》篇。包会通，虽然含意广泛，但不宜没有《通变》与《附会》二篇在内，而现在的《附会》篇却与《通变》相隔十一篇之多。阅声字，从《声律》至《练字》其中亦隔有五篇。细按这五篇：其《章句》《丽辞》二篇固与声字的问题有关，但杂以《比兴》《夸饰》《事类》三篇，便显得论题不甚连贯。尤其是他明言"崇替于时序，褒贬于才略，怊怅于知音，耿介于程器"，照理应该是《时序》《才略》《知音》《程器》四篇相连接，但是现在的篇目却在《时序》与《才略》之间夹以《物色》一篇，这样，就与原作者所自述的篇次不合了。

如果综览《文心雕龙》全书五十篇的编排：前半部（《序志》篇称为"上篇"者）自《原道》至《辨骚》等五篇，既可视为绪论或本论；其下继以《论文》《叙笔》二十篇，合共二十五篇，正是"上编以上，纲领明矣"。至于后半部（亦即《序志》篇称为"下篇"者）先之以《剖情》《析采》二十篇，其下继以《时序》至《序志》等五篇，像是后论或余论，合之亦为二十五篇，正是"下篇以下，毛目举矣"。原作者之如此编排，不可不说是精心结构其全书，那不仅是他要"彰乎大易之数"，而前五后五，中间"论文叙笔"与"剖情析采"各占二十，真是数目清明，不多不少。由是可知末后五篇余论，其中必无《物色》，而其夹杂于《时序》之下者，当由于篇帙散乱，后人随手收辑所造成的。倘再以《物色》篇的内容详为审辨，其中说的是自然景观与文章素材的关系，而这种关系又正似《事类》篇所说的《古事》《旧辞》与文章素材的关系一样。文章素材有取乎人事，亦有取乎物色，因此《物色》篇应还置在《事类》篇之下。这样，使末后的五篇：一则为文章与时代演变的关系，二则为文章与作家个性的关系，三则文章与读者鉴赏的关系，四则为世俗评价与作家素养的关系，五则为本书写作动机与编制的说明。但因这些关系的说明皆非直接于"文"与"心"，故只可视为"余论"，而与上半部的《本论》，一首一尾，遥相呼应。

今因《隐秀》篇残缺与《物色》篇目次错列，所以对这后半部的理解，倘犹依照现有的次第叙述，将显得原书提到的论题颠三倒四：如同其所图的《风势》未终，忽接以《会通》之事；所包的《会通》未尽，忽接以《声字》之谈。兹为便于叙述，改从其剖"情"与析"采"的构想，参酌以摛神性，图风势，包会通，阅声字等顺序，然后依据各篇之主要内容，加以分组介绍，庶几便于理解原作者持论的意旨，亦不至违失其精心结撰此书的体系。现在试为编目如下：

（一）摘神性

  ① 《神思》（原第二十六）

  ② 《养气》（原第四十二）

  ③ 《体性》（原第二十七）

（二）图风势

  ④ 《风骨》（原第二十八）

  ⑤ 《情采》（原第三十一）

  ⑥ 《定势》（原第三十）

（三）包会通

  ⑦ 《通变》（原第二十九）

  ⑧ 《镕裁》（原第三十二）

  ⑨ 《附会》（原第四十三）

（四）阅声字

  ⑩ 《声律》（原第三十三）

  ⑪ 《练字》（原第三十九）

  ⑫ 《章句》（原第三十四）

  ⑬ 《丽辞》（原第三十五）

  ⑭ 《比兴》（原第三十六）

⑮《夸饰》（原第三十七）

⑯《隐秀》（原第四十）

⑰《事类》（原第三十八）

⑱《物色》（原第四十六）

⑲《指瑕》（原第四十一）

⑳《总术》（原第四十四）

（五）余论

㉑《时序》（原第四十五）

㉒《才略》（原第四十七）

㉓《知音》（原第四十八）

㉔《程器》（原第四十九）

㉕《序志》（原第五十）

以上所列，正如钟嵘说的"差非定制"。但因各篇所提出的论点互相关联，这里即就其相接近者依次安排，以免错杂重沓而已。再从其所说"剖情析采"的要旨看来，无非是讨论文章之构思、用字、造句、谋篇，以及用典、写景诸端，末了总结以反面的示例，如《指瑕》篇所展示用字造句用典诸端的毛病，最后以《总术》篇概括其叮咛之意。因为《总术》篇中并未提出什么样的法术，而只是泛指以上诸篇已讨论到的要点请作家注意参考；唯其能注意参考到诸要点，始合乎他所说的"才之能通，必资晓术"的用意。

135

二、摛神性

(一)《神思》

《文心雕龙》后半部，作者自言其撰述之第一要点在于"剖情析采"。情属于"心"，采属于"文"，但他变"文""心"二字而改用"情""采"，显然是依照他在《序志》篇说的"古来文章，以雕缛成体，岂取驺奭之群言雕龙也"的意思，亦唯以"采"代"文"，始兼有"雕龙"之义。换言之，他在这部分要分析的是"能文之士"的用心及其制作出来"雕缛成体"的文章，既有异于一般的用心，亦有别于粗浅的语文。这一点，关系其全书要领，尤其是关系于这一部分的讨论对象。

这一部分，首论《神思》，似即就"心生而言立，言立而文明"的过程加以仔细地分析，而属于"剖情"的工作。开篇引用"古人云：形在江海之上，心存魏阙之下"（按此语见《庄子·让王》，《吕氏春秋·审为》篇，《淮南子·俶真》篇，但此语句则似有取于高诱的注语），这样的精神作用，他说是"神思之谓也"。因此有人把《神思》篇看作"想象论"。不过，他接着说：

> 文之思也，其神远矣。故寂然凝虑，思接千载，悄焉动容，视通万里。吟咏之间，吐纳珠玉之声；眉睫之前，卷舒风云之色，

其思理之致乎！故思理为妙，神与物游。神居胸臆，而志气统其关键；物沿耳目，而辞令管其枢机。枢机方通，则物无隐貌，关键将塞，则神有遁心。

倘依这样的说明，则所谓"想象"的作用只合于他所谓之"思理"，思理的上面还有"神"在。"神"能与物游，但"神"亦有遁心。神与物游，固然似想象活动；而神有遁心，则想象亦几乎不活动了。故其设想的神思，当不止于想象，应统括全部心灵营构而言。关于心灵营构，尚兼有"志气"，而且这志气又是想象活动的关键。故体察他所谓之"神思"，很接近于《乐记》所说的"人生而静，天之性也；感于物而动，性之欲也。物至知知，然后好恶形焉"这个系统。神是天性，而志气相当于天性之"欲"，与神同居胸臆而控制人们想象之动与不动。当此"神"与"物"接触而有所感受，首先是对感受认知，而认知即表现为内在的语言（文辞）。其为文思，即是"腹稿"；而腹稿便亦代表了其所认知的对象，不过是使对象转化为作家的"意"而已。如果那转化的作用运行无碍，则能把对象表现无遗，而作家的"意"亦即十分完足，所谓"枢机方通，物无隐貌"，倘或促起那心灵营构的志气有所松懈，则作为神思的活动亦几于停止，所谓"关键将塞，则神有遁心"了。至于"神思"活动中的情形，他说：

夫神思方运，万途竞萌，规矩虚位，刻镂无形，登山则情满

137

于山，观海则意溢于海，我才之多少，将与风云而并驱矣。方其搦翰，气倍辞前，暨乎篇成，半折心始。何则？意翻空而易奇，言征实而难巧也。是以，意授于思，言授于意，密则无际，疏则千里，或理在方寸而求之域表，或义在咫尺而思隔山河。

这里把心灵感受的对象转化为内在的文辞，其转化过程在作家的外表看来，像是"寂然凝虑""悄焉动容"，但内心却在做"规矩虚位，刻镂无形"的工作，由经验提供种种类似于对象的或邻接于对象的事物，而显成"万途竞萌"；假如意在登山或是观海，而类似的或邻接于此意的经验便滚滚而来。那时只要看自己的经验的多少，便跟着幻想成无限的情意。如果那时要把满心的情意付托于外在的语言文字，亦即把无形虚位的情意变作具体可闻见的文辞，这上面还要受到外在的种种现实的限制，因而执笔时候，一似自有满腔的情意，但到了写成文章，又好像只写出一半。按其原因，当然是因为内在的语言随意所致，"言"成便是"意"足；但是外在的语言是约定俗成的，要受后天许多条件的支配。陆机说他自己"每自属文，尤见其情；恒患意不称物，文不逮意。盖非知之难，能之难也。"知，是内意充足，这并不难；能，是把内意写成文章，那就不太容易了。他说"意授于思，言授于意，密则无际，疏则千里"，把"思""意""言"的转化关系，指述得十分清楚。因为习成的语言与构思中的意思，是有限对无限，死板对流动的关系，并非全部一即是一的关系。有时"言"

138

与"意"密合无间，有时此言却不能代表此意。因而一些浅显的意思，被说得玄而又玄，又或则把完整的意思，说成支离纷错的话语。

《神思》篇把心、言、文的关系作了深入的解说，同时亦提出他正面的见解，说：

> 是以陶钧文思，贵在虚静。疏瀹五脏，澡雪精神，积学以储宝，酌理以富才，研阅以穷照，驯致以怿辞，然后使玄解之宰，寻声律以定墨；独照之匠，窥意象以运斤。此盖驭文之首术，谋篇之大端也。

这一段话，在作家的心灵如何将其感受转化为语言而表达之于文字上，是很重要的说明。这种说明与其《养气》《体性》二篇关系密切，有的须在读到那两篇后，始有较充分的了解。这里就其语句所表示的意思略为阐述。他设定心灵所接纳的而能成为一连串的意思，要靠心语加以固定或现形，但是语言不是天生的，而是经验习成的。这样，习成的经验愈丰富，则其被转化的对象愈确切而完整。因此在转化过程中依赖习成的经验之处甚多，第一要"积学以储宝"，亦即从不断的学习中贮藏宝贵的语文经验；第二是"酌理以富才"，亦即由丰富的语文经验形成高度的辨识对象的能力；第三是"研阅以穷照"，亦即凭此能力将混沌的对象组成一清二楚的完整的心意；最后，第四是"驯致以怿辞"，亦即使用最熟习的语言使其心意转变为有迹绪可循的心声。"然后玄解之宰，寻声律而定墨；独照之匠，窥意象而运斤。"这里，"玄解之宰"与"独照之匠"以及"定墨""运斤"等字面，只是作者为修辞而借用典语，实际上"玄解"与"独照"只是说"研阅以穷照"的心灵活动；而"定墨""运斤"，亦只是"驯致以绎辞"的意思而已。这是他对作家的构思以至写作历程的剖析，但这种历程所需要时间的长短，他认为那是因"人之禀才，迟速异分；文之体制，大小殊功"的。长篇巨制当然需时较多；而人们的才性不同，或则迅速，或则迟缓，亦不能一概而论。因此，他接着列举司马相如、扬雄、桓谭、王充、张衡、左思等人为例，他们写的是长篇，且为着才性缓慢，亦使其作品经久始成。又引刘安、枚皋、曹植、王粲、阮瑀、祢衡等人为例，而说他们写短文都是迅速交卷的。这样才性不同的情形，他解释说："若夫骏发之士，心总要术，敏在虑前，应机立断"，所以能迅速交卷；另有"覃思之人，情饶歧路，鉴在疑后，研虑方定"，便不免要迟之又久方得成篇了。不过文章的价值不因成篇之迟速为定，而最不好的乃是"学浅而空迟，才疏而徒速"。所以他对于写作时常遇的两种困难，其一为研阅而未能穷照，心里抽不出一个可说的头绪，这是"理郁者苦贫"的情况；其二为绎辞而未尽驯致，东拉西扯说不出其所以然，这是"辞溺者伤乱"。对这两种困难，他提出补救办法：一是"博见"，二是"贯一"，博见由于积学，贯一贵能酌理，这就又回到作者事前准备的条件上了。

《神思》篇的最后提出"文心"必须"雕龙"的主张，他说："情数诡杂，体变迁贸，拙辞或孕于巧义，庸事或萌于新意，视布于麻，虽云未费，杼轴献功，焕然乃珍。"这点意思是因构思与作文二者之间都没有固定的轨迹。乱糟糟的心绪转化为没遮拦的话语，其中笨拙的话里可含有高妙的见解；而平淡的陈述亦常有新奇的创意，但这妙解与创意就全靠修辞的功夫将之托出，这样点铁成金，化腐朽为神奇的组辞手段是必要的。如同"布"之于"麻"，质料相同而价值大不一样，关键即在那组织的功夫。《文心雕龙》之后半部，分别写了许多有关文章组织与修辞的篇章，显然即在这种主张下费力完成的。

(二)《养气》

《养气》篇依照通行本是列在第四十二，今人郭晋稀怀疑这是原来的篇次错乱，应把它编列在《风骨》篇之后。他并据《序志》篇的"图风势"一语，认为"势"是"气"字之讹，因此，为着"图风气"便把《风骨》篇与《养气》篇相连缀（郭语详见《文心雕龙译注十八篇》第九十八页）。《文心雕龙》后半部的篇次有错乱，已辨证于前，兹不复论。但郭氏既知"图风势"是包括《风骨》与《定势》篇而言，又强改"风势"为"风气"，似太偏重养气而排落"定势"，是说不通的。现在检视《神思》以下诸篇目，除去"阅声字"以及余论五篇之外，自《体性》《风骨》《情采》等篇，其内容都是兼论"文"与"心"（如性、风、情，皆属"心"；体、骨、采，皆属"文"）至《定势》《镕裁》等篇，则专以论"文"为主。所以，倘以论"心"为主的《神思》之外，就只有《养气》。并且《神思》篇中说到"陶钧文思，贵在虚静"，又说"秉心养术，无务苦虑"，这已经是为《养气》的发端了。如果《养气》篇的篇次可以移动，则当移在《神思》之下，使《神思》篇有言而未尽之意，可借此而得补充。再者以原作者组织篇目的用意推测，应是首论为文之"心"，次则兼论"文"之与"心"，又次则专论"文"，接着即并列谋篇、造句、用字以及诸修辞方法，然后附述文章与时代、个性、读者、作家的行为诸大端，这样就首尾严密，像个有计划的安排。

然《养气》篇说的既是"心"方面的事，而"气"究竟与"神思"的关系又当如何？《神思》篇提到"神居胸臆，而志气统其关键。"又说，"关键将塞，则神有遁心。"如果到了"神有遁心"，则神思亦将不可能了。这话恰与《养气》篇里说的"思有利钝，时有通塞；神之方昏，再三愈黩"互相照应。然则所谓"气"者真正掌握着神思的关键了。不过自有经典以来，迄于后人论文所提出的"气"字，或从广义，或从狭义，因而含义并不一致。这里依原作者所理解的"气"说来。这个字似乎只似现在人们常用的"精神"二字的含义，如云"精神亢奋""精神疲困"之类的精神。因为这《养气》篇一开始，他即引王充的事为证。他说："昔王充著述，制养气之篇，验已而作，岂虚造哉？"

按王充《论衡·自纪》，说到曾"作养性（生）之书凡十六篇，养气自守，适食则酒，闭明塞聪，爱精自保……"但是这养性之书不传于今，清人臧琳的《经义杂记》以为"养气自守"以下二十二字是王充自记其养性书的篇名，如果这种猜测属实，则刘勰确曾看到此书，所以直称其"制养气之篇"。这样养气，实际就是保养精神（俗称"元气"）。所以他接下说："夫耳目鼻口，生之役也；心虑言辞，神之用也。率志委和，则理融而情畅；钻砺过分，则神疲而气衰；此性情之数也。"由于有这样几句，便把广义的"气"移在"文之思也"方面单独使用，而不与曹丕的文气说为类，而只把这"气"看作人们写文章时所动用的精神力（气力）。这种精神力直接担任文思的活动，神气安和则写起文章便见理融情畅，但这理融情畅的文章是否可代表一种文章的风格？关于这一点，《养气》篇并不讨论；换言之，那种显现于文章上的"气"，他则称之为"风势"，留在《风骨》《定势》篇才始说明。所以《养气》篇几乎是百分之百的属于"心"的问题。

他以为"气"的问题是发生在消耗的程度上，消耗过度乃成为末世的浇辞。

　　夫三皇辞质，心绝于道华；帝世始文，言贵于敷奏；三代春秋，虽沿世弥缛，并适分胸臆，非牵课才外也；战代技诈，攻奇饰说；汉世迄今，辞务日新，争光鬻采，虑亦竭矣。故淳言以比浇辞，文质悬乎千载；率志以方竭情，劳逸差于万里；古人所以余裕，后进所以莫遑也。

这一段话虽似在说明写作事业进展的大势，其实是讨论到养气问题所必须提出的。因为上古之世，言辞简质，人们还没有想在文字上做功夫。自他看见有文字的记载，应推黄帝之史仓颉造字，因此他亦断言五帝时期始有文辞，而且据那保存于《书经》中的尧舜二典，当时的文辞要紧的是为了陈述政事，亦即"敷奏以言"。到了夏、商、周三代以迄春秋时代，使用文辞的地方虽然越来越讲究，但总还是心口如一，有什么说什么，并没有借用不相干的美言来装饰门面。降及战国，诸侯之间竞争激烈，游士们乘机鼓其如簧之舌，攻奇饰说，对于文辞投下了相当的功力；沿及汉世，以迄于宋齐时代，文辞的趋向总在争求新色，用尽了心机来卖弄辞采。因此，若把上古淳朴的语言比起后代浮薄的言辞，其间"文"之于"质"固然相隔千载；但以古人之随意为文与后人之呕心写作，他们之间"劳"或"逸"的差距便不能以道里计算了。古人优有余裕，写作时，气足神完，根本不必考虑养气的问题。大概自汉世以来，人们以文辞开拓思想的境域，于是这问题便值得提出了。他说：

凡童少鉴浅而志盛，长艾识坚而气衰。志盛者，思锐以胜劳；气衰者，虑密以伤神。斯实中人之常资，岁时之大较也。若夫器分有限，智用无涯，或惭凫企鹤，沥辞镌思，于是精气内销，有似尾闾之泄；神志外伤，同乎牛山之木；怛惕之成疾，亦可推矣。至如仲任置砚以综述，叔通怀笔以专业；既暄之以岁序，又煎之以日时，是以曹公惧为文之伤命，陆云叹用思之困神，非虚谈也。

这里先以普通人的体质为例来说：小伙子所知有限，所以遇事总有探究的兴趣，而年轻力壮，亦足够负荷其辛劳；至如老家伙的见识多已定型，遇事往往转不过弯来，加以年长气衰，就要为苦思而损神了。何况人的体能有限，而知识却无止境，有的因自感不足而希望高过旁人，便挖空心思写作，使得精气内消，有如尾闾之泄海水；而神志外伤，有如牛山之秃无树木；日久至于积劳成病，是可推想而知的。从前王充为了著《论衡》，在门墙屋柱都放着笔砚，但亦说出这行业是"贼年损寿"的勾当。曹褒因当时流行谶纬之说，立意要用五行阴阳来重修礼仪，于是昼夜研思，怀笔而睡，然而当其念至，都忘了何去何从——这亦是神志外伤的一例。

不过这论调显是为了《养气》之必要而发，在他没有进入剖析文采之前，需要写来供人参考。因而他接下来提出正面的意见，说：

夫学业在勤，故有锥股自励；志于文也，则申写郁滞，故宜从容率情，优柔适会。若销铄精胆，蹙迫和气，秉牍以驱龄，洒翰以伐性，岂圣贤之素心、会文之直理哉！

是以吐纳文艺，务在节宣，清和其心，调畅其气，烦而即舍，勿使壅滞。意得则舒怀以命笔；理伏则投笔以卷怀；逍遥以针劳，谈笑以药倦。常弄闲于才锋，贾余于文勇，使刃发如新，腠理无滞，虽非胎息之迈术，斯亦卫气之一"方"也。

由于这些说明，可知他所说的"气"，既非道学家所言的理气，亦不是文论家所说的文气，而是属于生理上的用脑问题。用脑过度，精疲力竭，既无益于文思，且有伤于体力。所以他认为写作不同于阅读，阅读是在吸收知识，像苏秦读书倦怠时便用锥子自刺其股，但清醒之后，仍能照样吸收；至于写作，那是表达情意的，到了关键闭塞，失去构思能力，即使刺股自厉，亦是无济于事。因此他建议写文章遇到这样的情形，不如放下不作，以自由自在的漫谈玩笑消解那困倦的神思。这样"疏沦五脏，澡雪精神"等到想象力恢复旺盛时，始能把握到真相而为之顺序传神。最后，他以为这些意见虽不是从前淮南王讲究神仙胎息的"万毕术"，但终究是文章家讲究心理卫生的一种好处方吧！

(三)《体性》

《文心雕龙》自《体性》以下连及《风骨》及《情采》共三篇，从其题目上顾名思义，都是"文"与"心"合论；但就其内容省察：《风骨》《情采》以"文"为对象而兼顾及"心"；至于《体性》，则以"心"为主体而说及其表现于"文"者。或即因此，作者乃以"摛神性"为一单元；而《体性》篇适为从论"心"过渡到论"文"的一篇文章。于是他于开篇即推演《神思》篇未尽之意，说："夫情动而言形，理发而文见，盖沿隐以至显，因内而符外者也。"这就说定了神思外射为文字的内外之关系。从这关系上，他又进一步探讨《神思》篇所谓"积学以储宝，酌理以富才，研阅以穷照，驯致以绎辞"诸条件而总括为"才""气""学""习"四端，"才""气"或出于先天的条件，而"学""习"则全由后天的训练。由于作家们先天的条件与后天的训练情形不尽相同，因而表现为文章的风格亦不齐一。他说：

才有庸俊，气有刚柔，学有浅深，习有雅郑，并情性所铄，陶染所凝，是以笔区云谲，文苑波诡者矣。故辞理庸俊，莫能翻其才；风趣刚柔，宁或改其气；事义浅深，未闻乖其学；体式雅郑，鲜有反其习。各师成心，其异如面。若总其归途，则数穷八体：一曰典雅，二曰远奥，三曰精约，四曰显附，五曰繁缛，六曰壮丽，七曰新奇，八曰轻靡。典雅者，镕式经诰，方轨儒门者也；远奥者，馥采典文，经理玄宗者也；精约者，核字省句，剖析毫厘者也；显附者，辞直义畅，切理厌心者也；繁缛者，博喻酿采，炜烨枝派者也；壮丽者，高论宏裁，卓烁异采者也；新奇者，摈古竞今，危侧趣诡者也；轻靡者，浮文弱植，缥缈附俗者也。故雅与奇反，奥与显殊，繁与约舛，壮与轻乖。文辞根叶，苑囿其中矣。

这里把风格概括为八种类目，而八种类目又可简化为正反不同的四类。就是：典雅对新奇，远奥对显附，繁缛对精约，壮丽对轻靡，一共八体。他认为造成这样的分歧，虽似是后天学习的成绩，但重要的仍在先天的性情。因为积习既久，固可变化性情，但在选习之初，往往是就其性情所近者易于成功。所以他说："若夫八体屡迁，功以学成；才力居中，肇自血气。气以实志，志以定言，吐纳英华，莫非情性。"于是文章上种种不同的风格，亦即外在的体，基于内在的性，而体性仅是一事之两面了。在内的才气，是神思的主要动力，但在神思之组成为"意内言外"的文辞，而那文辞本即是后天学习得来的资料。没有这资料不仅不能说出所要说的话语，甚至于还不能稳住其心内所构思的是些什么。因此这种资料之储藏已甚重要，然而获得这资料的生活环境，尤为供应这资料的重要来源。他说"事义浅深未闻乖其学"，这是就其经验之"量"的方面来说：对同一的事物，经验多者，所知必较周全，而所构成的语意亦较深刻；故可从其表达于文章的语意中体察其为学之浅深。他又说："体式雅郑，鲜有反其习"，这则就其文辞之"质"的方面来说：市井之人与知识阶层各自有其说话的方式，有如《书记》篇所称的"尘路浅言有实发无华"，如果熟习之久，虽不必如颜之推讥笑当时邺下人物"音辞鄙陋"，然而所用的语言缺少书卷气自属当然。《晋书·列女传》，说谢安在家集会子弟，适遇下雪，谢安问这像个什么样子？谢朗说是"像空中撒盐"，谢道韫则说似"柳絮因风起"，这样咏絮之才与撒盐之说者，当即是"雅郑鲜有反其习"之例了。

八体之中，除了"浮文弱植"之轻靡，显得才气学习俱有所不足者外，其余各种或正或反的风格，既出于"才气所铄，陶染所凝"，便各有其特色，亦各有其价值。因此，属于先天部分，他没有提出什么意见，至于后天的学习，他的结论则是：

> 夫才有天资，学慎始习。斫梓染丝，功在初化，器成彩定，难可翻移。故童子雕琢，必先雅制，沿根讨叶，思转自圆。八体虽殊，会通合数，得其环中，则辐辏相成。故宜摹体以定习，因性以练才，文之司南，用此道也。

文体与作家的习性，既是表里相符，成于先天的虽不可说，而后天的学习，尤当注意其开始学习阶段，如同梓匠之制木器，要紧的是打好初坯；织造者的染丝，亦重在其第一道的染色，因其定型之后，就难得翻改。他之如此谆谆建议，并提出"摹体以定习，因性以练才"，无非是希望后学之人先接受良好的影响以打定写作基础。这显然是出于他要提高语文质量的企求，倒不一定是读书人的偏见。

三、图风势

（一）《风骨》与《情采》

通行本《文心雕龙·体性》篇下接以《风骨》篇，如果这与他自言"图风势"的"风"字有关，则与《情采》《定势》相连为另一组，是很自然的。图者谋也，图风势，正是谋议（讨论）这些事情。《风骨》与《情采》和《体性》一样，是"文"与"心"二者并言，不过《体性》篇讨论文体与情性内外相符，故"文体繁诡"，实由于"才性异区"，按其论点仍着重于心的一面；至于《风骨》《情采》，则专从文字组成的文章着眼了。风骨是专指文章上的风骨，情采亦是指文章上的情采，所以虽并涉文之与心，但重点已移到"文"之一面。到了《定势》篇以下，讨论的对象则全是文字组织问题；这一点，只要就各篇言说的内容加以按验，则不难分辨的。

唯是"风骨"二字，近世的研究者对之颇多异解。从最简明的"风即文辞，骨即文意"，"风是文辞的形式，骨是文辞的内容"，以至"风骨的含义就是风格"，等等，把这二字解释得分歧杂错而使人"心理愈瞀"。倘或谅解原作者之制定篇章，则《风骨》与《体性》两篇的结构纵或相同，而讨论的对象实则有别。并且《风骨》篇中特别扯出曹丕的"文气"说，显然他所用的"风"与曹丕说的"气"字几乎相等。倘若更从《养气》篇所说的气看来，既只是安养"精神"。这"精神"的命名虽是俗称，但它通常亦适用于主观的与客观的两方面。主观方面，人们遇到扫兴的事，便觉"精神委顿"；同样，在客观方面，人们遇到可兴奋的对象，亦觉其"精神奕奕"。《养气》篇说的是主观的精神或神气，《风骨》篇既以文章为对象，则其所言之"风"或"气"，可信是指那文章上的神采。由于造句组词的功力，使用最适当的字词，不多不少，恰足以表达其完整的构思。那样的字句是"骨"而表现出的是"风"，二者亦是一事之两面，不过是专就文辞而言的。所以他说："怊怅述情，必始乎风；沉吟铺辞，莫先于骨。"这里的"必始"与"莫先"，二者不分先后，即可见其主旨所在了。抑且就文章来谈风骨，先不论二者同样重要，甚至二者必相伴为用，因此，他又说："故练于骨者，析辞必精；深乎风者，述情必显。捶字坚而难移，结响凝而不滞，此'风骨'之力也。"其中"捶字""结响"正与"必始""莫先"一样，虽用语不同而所指的共是一事，便亦可知这《风骨》篇实即在推阐他所一再提出的"辞尚体要"的要求，但因为篇中使用譬喻稍多，说什么"翚翟备色而翾翥百步""鹰隼乏采而翰飞戾天""鸷集翰林""雉窜文囿"等，使人看得眼花缭乱，便亦把风骨看得玄而又玄。其实，他在这一篇之中，两用"文明以健"四字，这"文明以健"即是"风清骨峻"的具体说明，亦可算是他对文章这东西所欲追寻的"第一义"。当然，这思想是从他对经文之情深、风清、事

151

信、义直、体约、文丽（见《宗经》篇）的崇拜而来的。

不过，依此看法，倘若个个作家全写的是这样"风清骨峻"的文章，历数千年，一望只是黄茅白苇，不但索然寡味，亦且不合于文学史的事实。因此在他提出这样的第一义之后，不能不补上《情采》一篇，从另一角度阐明文章之现实的情况，并提出他的看法，以便与其在《风骨》篇中的意见相配合，造成骨采俱扬的文章以达到文心"雕龙"的理想。他在《情采》篇首先说：

> 圣人书辞，总称"文章"，非采而何？夫水性虚而沦漪结，木体实而花萼振，文附质也；虎豹无文则鞟同犬羊，犀兕有皮而色资丹漆，质待文也。若乃综述性灵，敷写器象，镂心鸟迹之中，织辞鱼网之上，其为彪炳，缛采名矣。

依据此文，第一可以了解他所谓"采"的含义。采是纹章，犹如他在下文提出的五色五音五性，是个多样而统一的组织体，因而能发生娱耳悦目的效果。这效果，与"风清骨峻"所带给人的感受可以并存而其实不同。风清骨峻的文章能付与知解或意志的满足，而文采则付与审美的满足。如果一种作品，既美如春花而又有秋实，当即是《文心雕龙》作者所企想的"衔华佩实"的作品。因此于《风骨》篇后附以《情采》，其用"情"字便显此"采"是连接于审美的感情而与体性之"性"，合之是一，分之可两，犹如"知、意、情"之同出于一"心"，但于感受中有其差别一样。他接着说明这差别又可并存的事实说：

孝经垂典，丧言不文；故知君子常言未尝质也。老子疾伪，故称"美言不信"，而五千精妙，则非弃"美"矣。庄周云："辩雕万物"，谓藻饰也。韩非云："艳乎辩说"，谓绮丽也。绮丽以艳说，藻饰以辩雕，文辞之变，于斯极矣。研味孝（经）老（子），则知文质附乎性情；详览庄韩，则见华实过乎淫侈。若择源于泾渭之流，按辔于邪正之路，亦可以驭文采矣。夫铅黛所以饰容，而盼倩生于淑姿；文采所以饰言，而辩丽本于情性。故情者文之经，辞者理之纬，经正而后纬成，理定而后辞畅，此立文之本源也。

这里说明文采之重要及其存在的事实，但提到详览庄韩之后，便觉得"华实并茂"的要求，还须要加以进一步的审定，那就是"程度"的问题。因为文之为物，唯一目的在于"适分胸臆"，故过度与不及，都不是正当的要求。不及者，固不成其为"文章"，然而过度，则又成为华侈。因此挥洒文采，必须考虑其勿失清流与正道。清流正道，是在适分胸臆，畅所欲言，而不是以卖弄语言的花巧为职志。畅所欲言，是"为情而造文"；卖弄花巧，是"为文而造情"，但于文学史上却确有这样不正当的发展。他说：

昔诗人什篇，为情而造文；辞人赋颂，为文而造情，何以明其然？盖风雅之兴，志思蓄愤，而吟咏情性，以讽其上，此为情而造文也；诸子之徒，心非郁陶，苟驰夸饰，鬻声钓世，此为文而造情。故为情者要约而写真，为文者淫丽而烦滥。而后之作者，采滥忽真，远弃风雅，近师辞赋，故体情之制日疏，逐文之篇愈滥。

要约而写真，是风骨造成的效果；淫丽而烦滥，乃情采过度的毛病。这毛病引起的反效果是"采滥辞诡，则心理愈翳"，使得"言隐于荣华"。有如名士清谈，说得天花乱坠，却不能知其意旨所在；这亦似他在《风骨》篇中设下过多的譬喻，反使人不易摸到"风骨"之实一样。

《文采》篇既承认人们对文章的感受固有文采的存在，但亦有滥施文采的事实，最后便提出补救的办法：

夫能设模以位理，拟地以置心，心定而后结音，理正而后摛藻，使文不灭质，博不溺心，正采耀乎朱蓝，间色屏于红紫，乃可谓雕琢其章，彬彬君子矣。

设模以位理，是建造文辞的"骨"；拟地以置心，是深体文辞之"风"；然后从而结音摛藻，充分表达神思所构造的知意情，既清晰而又华美动人有骨而兼有采。

(二)《定势》

《文心雕龙》自《定势》篇以下，讨论的重点全在文章本身。但他自设"图风势"一组，以《风骨》与《定势》连言，如或有其用意，则似同"摛神性"一样:《神思》的论点在"心"，《体性》的论点则合"文""心"而为说;《风骨》篇虽亦合"文""心"为说，但自《定势》篇起则专言"文"了。这样的安排，《定势》篇正是从"心"至"文"的过渡;其用意只要看他开篇说的"情致异区，文变殊术，莫不因情立体，即体成势也"便可明了。因为"体"之基因是人之情性，是沿隐而至显，因内以符外的，可由观览而得之;而"势"则是那既成的"体"的情形，而为文章之现实面上的问题。亦即从"心生、言立"进至"文明"这部分的讨论。所以前半部亦提到典雅、清丽、明断、核要、弘深、巧艳，等等，几乎与《体性》篇说的八体相重复，但应注意的是他在典雅、清丽等上面各加有"章表奏议""赋颂歌诗"等现实的文字制品，亦即是说"势"所结合的是写在纸上的文，不像"体"之形成关系于幽眇的"心"。因此，所谓"势"者又是构成某体的必要条件，这一篇便在说明这些条件的运作。这种运作，虽亦系于知能意志的驱使，但其目的不在如何构造意思而在如何适当地表达那意思。如果视之为写作的技术问题，亦颇近似，如同在此篇末所称的"秉兹情术"之"术"。现在先看篇首说的:

势者，乘利而为制也。如机发矢直，涧曲湍回，自然之趣也。圆者规体，其势自转；方者矩形，其势自安；文章体势，如斯而已。是以模经为式者，自入典雅之懿；效骚命篇者，必归艳逸之华；综意浅切者，类乏酝藉；断辞辨约者，率乖繁缛；譬激水不漪，槁木无阴，自然之势也。

这里亦用一些比喻，揆其本意，这些比喻稍欠明白，而且又用典雅、艳逸、繁缛等名词，易于使人怀疑定势亦即定体。其实他只在说明各种文章用字构成的方式很多，而重要的乃在作者斟酌其最恰当的表达方式。如果制作公文书，最好是取式于经典；制作歌诗杂文，才可以仿效楚骚。因为这种种妥适的抉择，对于所要制作的文体始能相得益彰。至如不明了这种"体""势"相因为用的道理，但求组文的方式突过前人，求新求变，便要形成一种"讹势"，不但是解散了文体，亦使人不知那文章的主体所在，无论公文私牍，遇到这样情形，便似谐谈怪说或戏论，因亦失却写这文章的实际效用了。他说：

自近代辞人，率好诡巧，原其为体，讹势所变。厌黩旧式，故穿凿取新；察其讹意，似难而实无他术也，反正而已。故文反正为乏，辞反正为奇。效奇之法：必颠倒文句，上字而抑下，中辞而出外，回互不常，则新色耳。夫通衢夷坦，而多行捷径者，趋近故也；正文明白，而常务反言者，适俗故也。然密会者以意新得巧，苟异者以失体成怪。旧练之才，则执正以驭奇；新学之锐，则逐奇而失正。"势"流不反，则文"体"遂弊。秉兹情术，可无思耶！

上面揭发"讹势"的运作之术，在于求取组词方式的新奇。这虽不是作文以表情意的正当要求，但或因新奇的刺激足以增进文情的表达，如所谓"密会者以意新得巧"，亦当为作家所采用；唯是有个条件，必须是"执正以驭奇"而不可"逐奇而失正"。然而怎样才是"执正"或是"失正"？此处虽未详言，但其意见已写在《风骨》篇末了，他说：

> 若夫镕铸经典之范，翔集子史之术，洞晓情变，曲昭文体，然后能莩甲新意，雕画奇辞。昭体故意新而不乱，晓变故辞奇而不黩。若骨采未圆，风辞未练，而跨略旧规，驰骛新作，虽获巧意，危败亦多，岂空结奇字，纰缪而成经乎！

由这段话与《定势》篇的语意互相发明，亦可证知"图风势"一组之《风骨》与《定势》二篇关系的密切；抑且揆其意见是认清了语言文字受着历史的约束，其新奇变化，只能在约束范围内进行，如或超出范围，便成人人看不懂的文辞。所谓"危败"，正由此故。

四、包会通

（一）《通变》

　　自《定势》篇进入文章实质的讨论，但在此之前，《体性》篇有正反两面的八体，到了《风骨》与《情采》，又各有端直与辩丽的主张，而《定势》篇言及行文之大端，且说到"渊乎文者，并总群势，奇正虽反，必兼解以俱通；刚柔虽殊，必随时而适用。若爱典而恶华，则兼通之理偏"等说辞，这些都像是两面讨好的言论，虽使人有着莫衷一是的困扰，但它却是古往今来文章所具有实情。为着解释这实情，他写了《通变》一篇，作为解决那困扰的主脑，然后接以《镕裁》《附会》二篇，成为一组"包会通"的言论，以供选辞谋篇的参考。

　　"通"与"变"亦是适相反对的两面论，然而作家必须了解这相反相成的技术，然后文学的生命始得以进展，不仅文学史的事实是循这轨迹演进而日新其事业，而后进的作家亦有赖这技术，始得在历史上占有一席的地位。关于这点意见，他在《通变》开篇即说：

　　　夫设文之体有常，变文之数无方。何以明其然耶？凡诗赋书记，名理相因，此有常之体也；文辞气力，通变则久，此无方之数也。名理有常，体必资于故实；通变无方，数必酌于新声；故能骋无穷之路，饮不竭之源。然绠短者衔渴，足疲者辍途，非文理之数尽，乃通变之术疏耳。

这里先以"有常"与"无力"定为文体与文术本自不同的原理。然后说明文体的原理何以有常？他用"诗赋书记"四字代表前半部"论文叙笔"的各种文章，而说那些文章是以"名理相因"而定名。要知道这名理相因的事实，可看他在论文叙笔诸篇所作"释名以章义"的意见。因为各种文章所表现的事实不同，故其名称各异。而那事实，包括文章上的"内意"与"外言"，而二者表里相符，故因用"意"不同而出"言"亦异，如诗赋书记之各自成形。他认为各种形式背后，各有其名理相因的根据，所以是不变的；如同不能以"书记"作为"诗赋"一样。但是构成书记诗赋等作品，则因作家的才气学习的背景各别，由其表达于文辞上的风骨情采，都是"随才所安"，没有定数，这便是可变的。这种变数，不特是"各师成心，其异如面"。而且综其大数，甚且是随着时序而有变易。虽然有关这种变易的详情，他另有《时序》《才略》二篇为之申论，但在这里仍提到这变数的梗概。他说：

九代咏歌，志合文别：黄歌"断竹"，质之至也；唐歌"在昔"，则广于黄世；虞歌"卿云"，则文于唐时；夏歌"雕墙"，缛于虞代；商周篇什，丽于夏年；至于序志述时，其揆一也。暨楚之骚文，矩式周人，汉之赋颂，影写楚世；魏之篇制，顾慕汉风；晋之辞章，瞻望魏采。推而论之：则黄唐淳而质，虞夏质而辨，商周丽而雅，楚汉侈而艳，魏晋浅而绮，宋初讹而新。从质及讹，弥近弥澹。（其中"断竹""卿云""雕墙"等皆摘取歌中语）

九代，是其约数，从黄帝、唐尧、虞舜、夏、商、周、汉、魏、晋。这九代的文章，都为的是"序志述时"，有着不变的型体，但其文辞却历代各有转变，"从质及讹"，是其中"变"的事实；至于"弥近弥澹"一语，则是他个人的评语。这评语的根据已见于《定势》篇，可以毋论；但在此篇，他仍提出文辞之通变的实例，说：

夫夸张声貌，则汉初已极，自兹厥后，循环相因，虽轩翥出辙，而终入笼内。枚乘七发云："通望兮东海，虹洞兮苍天。"相如上林云："视之无端，察之无涯，日出东沼，月生西陂。"马融广成云："天地虹洞，固无端涯，大明出东，月生西陂。"扬雄校猎云："出入日月，天与地沓。"张衡西京云："日月于是乎出入，象扶桑于濛汜。"此并广寓极状，而五家如一。诸如此类，莫不相循，参伍因革，通变之数也。

这里特别举出五家不同的赋颂，同写旷远的情状以见其序志述时之不变，但是各人的造语则各有其变数。亦即是说："意"有定，而说话的方式可不一定。唯其如此，故能推陈出新，使得自古以来，人们同为着吃饭、生儿、交朋友的事，却写成各色各样不同的文章。因此，他认为一个作家，识大体固为重要，但能随心运用各种行文的方式，亦是不可忽略的。所以最后说：

是以规略文统，宜宏大体。先博览以精阅，总纲纪而摄契，然后拓衢路，置关键，长辔远驭，从容按节，凭情以会通，负气以适变，采如宛虹之奋鬐，光若长离之振翼，乃颖脱之文矣。若乃龌龊于偏解，矜激乎一致，此庭间之回骤，岂万里之逸步哉！

由于先有丰富的文辞修养，然后能随宜变化而活用其文辞，造成"闳中肆外"的效果；设若疏忽这通变之术，如小儒拘拘，学一先生之言，那只能在小院子兜圈子，可不配为驰骋天下的骏足了。他的这点结论，分明是想把前面《体性》《风骨》《情采》《定势》诸篇的分析作个综合的论断，然后，进而讨论《镕裁》《附会》等关于篇章整理的问题。

(二)《镕裁》与《附会》

通行本《文心雕龙》把《镕裁》与《附会》二篇分别编于第

三十二与第四十三，相隔十一篇之多，其实二者所言都是承接着《通变》篇说的"规略文统"的事，如总纲纪，置关键，长辔远驭，从容按节，等等。黄侃《文心雕龙札记》把《镕裁》篇中言语与《附会》篇相互发明，亦是有见及此，现在即以之连在一处说明。

《镕裁》篇首先解释其题旨说：

情理设位，文采行乎其中。刚柔以立本，变通以趋时。立本有体，意或偏长；趋时无方，辞或繁杂，蹊要所司，职在"镕裁"，櫽括情理，矫揉文采也。

规范本体谓之"镕"，剪截浮词谓之"裁"；裁则芜秽不生，镕则纲领昭畅，譬绳墨之审分，斧斤之斫削矣。骈拇枝指，由侈于性，附赘悬肬，实侈于形。一意两出，义之骈枝也；同辞重句，文之肬赘也。

依此解释：一个作家表达其所把握着的"情理"而运用文辞写在纸上，同时，取径刚柔以定势，兼顾华实以尽言。但在"心""手"之间，难于做到一对一的整齐，或则心里的联想过多，或则手下用的辞句太杂，这时候就得使出"镕裁"的功夫加以调整。"镕"是综合思虑所得，以构成有条不紊的纲领；"裁"则淘汰一些不必要的文辞。例如"神思方运，万途竞萌"，设若不能从容按节，任凭意外出意，越扯越远，反使宗旨不明；而行文之时，更是意

162

思邻接或含义相同的成语与好句，纷然涌至，如或不知割爱而以之连缀为文，便徒成芜秽的文章。前者像手头的枝指，后者似身上的肿瘤；前者失之叼絮，后者失之重沓，不但说不上风骨情采，简直就是望之生厌的文章了。

因此，《镕裁》篇中提出了文章必须有"始""中""终"三纲领，这建议由后人看来毫无新鲜之处，然而实行起来，虽大作家有时亦有所疏失。因为文艺的创作冲动，往往是"气倍辞前"，开始时，文势如排山倒海，但是再衰三竭之后，只制出虎头蛇尾的篇章；真个是"及其成篇，半折心始"，让读者阅及终篇，只得到"意兴索然"的结果。其次赘辞累句，尤为容易触犯的毛病。因为含义相同的好语，堆砌太多，不仅不能增大语意，而且有损风骨，使要表现的美意同陷于平凡。俗手制辞，固然常患此病，他以为大作家陆机的文章缺失，亦正在此。他说：

> 至如士衡才优，而缀辞尤繁；士龙思劣，而雅好清省。及云（士龙）之论机（士衡），亟恨其多；而称（陆机之文）"清新相接"，不以为病（者），盖崇友于耳。夫美锦制衣，修短有度，虽玩其采，不倍领袖，巧犹难繁，况在乎拙？而"文赋"以为"榛楛勿剪""庸音足曲"，其识非不鉴，乃情苦芟繁也。

这里，他看到陆云明知其兄作文的缺点，但写信时却说："兄文章之高远绝异，不可复称言，然皆欲微多，但清新相接，不以此为病耳。"他怀疑这是碍着兄长的面子说的。其实陆机自己在《文赋》里亦曾说"彼榛楛之勿剪，亦蒙荣于集翠，缀白雪于下里，吾以济乎所伟"以及"患挈瓶之屡空，病昌言之难属，恒蹉跎于短韵，放庸音以足曲"等语，不但有其自知之明，甚且明言"或仰逼于先条，或俯侵于后章，或辞害而理比，或言顺而义妨，离之则双美，合之则两伤"，这些意见，正是《镕裁》《附会》二篇所注意的问题。陆机明知而又故犯之，可见"情苦芟繁"者是"由侈于性"的缘故。

如果《镕裁》与《附会》并为调整篇章而设计，则《镕裁》篇偏重于文辞修剪，而《附会》篇则用意在辞义的结构。他在《附会》篇开头说：

> 何谓附会，谓总文理，统首尾，定与夺，合涯际，弥纶一篇，使杂而不越者也。若筑室之须基构，裁衣之待缝缉矣……
>
> 凡大体文章，类多枝派，整派者依源，理枝者循干。是以附辞会义，务总纲领，驱万途于同归，贞百虑于一致。使众理虽繁，而无倒置之乖；群言虽多，而无棼丝之乱。扶阳出条，顺阴藏迹，首尾周密，表里一体，此附会之术也。

这开头使用"总""统""定""合""弥纶"等字来指述"附""会"二字，可谓义旨分明。《镕裁》篇设立"三准"的规模及剪裁这规模中的字句，而其中所缺少的黏合工作，就靠附会的技术。原因是大篇的文章，言非一端而已。有如分条叙理，条理虽出多门，然而条条大道，必通罗马；如或不然，那条岔路便是可剪的骈枝。镕裁功夫既已对此用力，而附会功夫则要抽引其意义，使向主题集中，使诸条理得以黏合于主线上。这种抽引的工作，譬如分条讲述，讲到适可的阶段，有用以点明的字句使语意转凑于题旨而使其不至流荡无归。不过这用以"点明"的字句，并非太容易的事，所以他说：

善"附"者异旨如肝胆，拙"会"者同音如胡越。改章难于造篇，易字艰于代句，此已然之验也。昔张汤拟奏而再却，虞松草表而屡谴，并理事之不明，而词旨之失调也。及倪宽更草，钟会易字，而汉武称奇，晋景称善者，乃理得而事明，心敏而辞当也。以此而观，则知附会巧拙，相去远哉！

这种附会功夫的巧拙，他引用两个故事为例。一是《汉书》卷五十八《倪宽传》所载：汉武帝时，张汤为廷尉，府中多用办案的人员，倪宽为文学从史，未被重用。有一次，廷尉奏牍连连被退回重拟，文书官慌了手足乃使倪宽拟稿，张汤看了大为惊服，立即派他主管文书。那奏牍递上之后，汉武帝即时批准，后来还问张汤说，那份奏牍不似俗史手笔，而倪宽因此亦受到赏识。另一个是裴松之注《三国志·钟会传》引世语所载：司马师叫中书令草拟一份表文，写来写去总不合司马师的意旨。虞松再亦想不出如何改写，显得十分焦虑。钟会得知之后，在原稿上一共只改定五个字，虞松大喜，以呈司马师，司马师说：要写的正是这样的意思。不过这只是两个故事，比起后世传说的"一字师"，都缺少原文可以按验，仅能作为"改章难于造篇，易字难于代句"的例子而已。《书记》篇云："随事立体，贵乎精要，意少一字则义阙，句长一言则义妨"，但这有赖"镕裁"之功多，而"附会"之要领，则实如他所比喻的"驷牡异力，而六辔如琴"。亦即一篇文章之内，列叙的种种事情，如同驾着四匹马的车，而总握的是几根马绳，能使"去留随心，修短在手，齐其步骤"者"总辔"而已。总辔之术，乃是附会之术。

五、阅声字

(一)《声律》

从前刘大櫆在其《论文偶记》中说："神气者，文之最精处也；音节者，文之稍粗处也；字句者，文之最粗处也。然论文而至于字句，则文之能事毕矣。盖音节者，神气之迹也，字句者，音节之矩也。神气不可见，于音节见之；音节无可准，以字句准之。"这些话语，虽是为桐城派论文张目，但就事论事，却是平实之至。《文心雕龙》后半部之论文，自摛神性，图风势，包会通，按其论题正是由精而粗，从无形迹而进至有形迹；至于《镕裁》《附会》等篇虽着眼文章之形迹，但仍不及"阅声字"诸篇的具体。因此，以文理的讨论来看，到了"阅声字"以下诸篇，不但文论的精粗俱陈，亦且是本末具备了。

关于这种看似粗末，实为论文叙笔之最基本的问题，《文心雕龙》特设"阅声字"一组，由中国文字之兼有"形""声""义"三要素，《练字》篇重在字形之讲究，《声律》篇则说明字音的功能；至于字义方面，因其包容广泛，虽不能有单独的提论，但如《事类》《物色》《比兴》《夸饰》《隐秀》，以及《指瑕》诸篇，都与之有关。唯是以"形音义"说来，他不先阅字形，而言"声""字"，把声律问题放在练字之前，如或有其理由，似亦循着语文发生的历史，先有声音而后乃有文字。声律与人心为近，而文字乃是后起的事实，因此，他在《声律》篇开头即说：

夫音律所始；本于人声者也。声含宫商，肇自血气，先王因之，以制乐歌。故知器写人声，声非效器者也。故言语者，文章关键，神明枢机；吐纳律吕，唇吻而已。（此据黄侃《札记》，"文章"下补"关键"二字。）

这里从人类特有的发声器官说到语言文字的组织关系，即认定语言文字是天生有其音律的存在，失却音律，便亦不能组成有意义的语言；其见于文字者，虽以视觉为主，但视觉必有赖于那语言的预习，然后乃能通晓眼前符号所带来的语意。因此语音与语意之相印证，是文辞作用的最基本的课题。许多语音不清，固使人听来莫知所云，这是容易发现的；但是化为文字，为了文字受着记号条件的种种支配，要使它们组织得如同声音一样的铿锵清朗，就得另有一套手续。他说：

夫商徵响高，宫羽声下，抗喉矫舌之差，攒唇激齿之异，廉肉相准，皎然可分。今操琴不调，必知改张，摛文乖张，而不识所调。响在彼弦，乃得克谐，声萌我心，更失和律，其故何哉？良由外听易为巧，而内听难为聪也。故外听之易，弦以手定；内听之难，声与心纷；可以数求，难以辞逐。

徵羽宫商是声音之长短高下，用喉舌制造或"廉"（廉棱）或"肉"（肥满）的听觉效果，这种效果在琴弦上容易区别，但在内心，因组辞在求其合"意"，而每个字音的长高下便难于一一分明，倘以此写成文字，组成文章，便不免时有合"意"而失"音"的乖张之处。所以对于文辞，不能不有声律的常识。他说：

凡声有飞沉，响有双迭，双声隔字而每舛，迭韵杂句而必睽。沉则响发而断，飞则声飏不还；并辘轳交往，逆鳞相比，迕其际会，则往蹇来连，其为疾病，亦文家之吃也。夫吃文为患，生于好诡，逐新趋异，故喉唇纠纷；将欲解结，务在刚断！左碍而寻右，末滞而讨前……滋味流于下句，风力穷于和韵。异音相从谓之和，同声相应谓之韵。"韵"气一定，故余声易遣；"和"体抑扬，故遗响难契。属笔易巧，选和至难；缀文难精，而作韵甚易。虽纤意曲变，非可缕言，然振其大纲，不出兹论。

这一段分析字音构成的要素以及连缀不同的字音以成文的要领。这是他当时最热门的论题，所以他能钩玄提要，把"四声八病"的理论作最简捷的提示。原来一个中国字的发声有向上或向下的趋势，因而形成平上去入四声，所谓"平声平道莫高昂，上声高呼猛烈强，去声分明哀远道，入声短促急收藏"。每个字的发声情形如此，而发出来的声尾，听来吱吱喳喳，但其中却可分为若干韵母。如果一串组辞采用同一的发声或同一的韵母，必至支支吾吾难以分辨。因此要求口吻调利，就得在表意的文字上做到字音之适当的组合。这种组合的原则，他提出"和"与"韵"二字。"和"是利用不同的字音相配合的问题，"韵"是利用相同的字音相呼应的问题，前者追求完成抑扬的音律，后者追求优美的余韵。这在文辞的构造上，愈是接近于音乐效果的文章，关于此种原则之运用愈是细密，因其不仅以文字的形义感人，并且有许多纤细的情意也寄托在音律的组织上。

不过，原则虽是这样，但语言文字是人为习成的东西，许多作家使用这种东西，既如《体性》篇所言：各人皆自有其

"才""气""学""习"之参差不齐，而更严重的因地域之分隔，语音字音庞杂无统。土语方言，固难使其某字必读为某音，但是任何方音之组合成辞，却不能脱虽其音律的原则。不然，语音含混便失语言达意的效果了。所以他最后说道：

> 诗人综韵，率多清切，《楚辞》辞楚，故讹韵实繁。及张华论韵，谓士衡多楚，《文赋》亦称"取足不易"，可谓衔灵均之声余，失黄钟之正响也。凡切韵之动，势若转圜；讹音之作，甚于枘方；免乎枘方，则无大过矣。

这大概是以当时中原人的读音来比对南方作家的作品，说屈原的文章用当时的北方话来读便有许多音律上的毛病，连吴人陆机的作品亦不例外。但在没有统一的语音之时，他只好说声韵的运作，总要圆滑流畅，如果能避免拗口吃音，这将是原则之原则了。

(二)《练字》

其次，就中国文字的形与义方面说来，《练字》篇虽亦涉有字"义"在内，但大体上是以字"形"为重点。字形完全是出于人为的，只是一种语言的记号，使声音转化为视而可见的东西，而纸上的文章即靠它以传达。但于传达作用上，还必须有共同认定的契约在先，那文字始具有记号的功能。因此没有共认的字形，它亦与殊方异俗的语音一样，是没有沟通人意的能力的。《练字》篇开头一段说：

夫文象列而结绳移，鸟迹明而书契作，斯乃言语之体貌，而文章之宅宇也。仓颉造之，鬼哭粟飞；黄帝用之，官治民察。先王声教，书必同文，轩之使，纪言殊俗，所以一字体，总异音。

这里说原始记号的进化：从结绳记事进至文字的使用，他采用古书的记载，说是仓颉制造语言的符号当时，感应得天为之雨粟，意思是这符号可促使人类进于文明之域；但亦因这符号能消除人心的幽暗而变作现实，使"鬼"失所凭依，所以要"夜哭"了（此传说见王充《论衡·感虚》篇引，解释稍有不同）。至于"鸟迹明而书契作"一语，他似是依据许慎的《说文解字叙》，但他却没有继续引述许慎所作中国字构造方法（六书）的说明，而直接叙述中国字形演变的经过，说：

《周礼》保氏，掌教六书。秦灭旧章，以吏为师。及李斯删籀而秦"篆"兴，程邈造"隶"而古文废。汉初草律，明著厥法，太史学童，教试六体。至孝武之世，则相如撰篇，及宣平二帝，征习小学，张敞以正读传业，扬雄以奇字纂训，并贯练雅颂，总阅音义，鸿笔之徒，莫不洞晓。且多赋京苑，假借形声。是以前汉小学，率多玮字，非独制异，乃共晓难也。

暨乎后汉，小学转疏，复文隐训，臧否大半。及魏代缀藻，则字有常检，追观汉作，翻成阻奥。故陈思称："扬马之作，趣幽旨深，读者非师传不能析其辞，非博学不能综其理。"岂直"才"悬，抑亦"字"隐！自晋来用字，率从简易，时并习易，人谁取难。今，一字诡异，则群句震惊；三人弗识，则将成字妖矣。

在这一段话里，他虽未说明中国字之构造法，却很简切地叙述历代使用中国字的情形。而这情形，不属于文字之学（所谓"小学"），正属于文章之学，而且是就文章的基层作历史的检视。他根据历代遗留下来的文章，从中指出中国有了相当规整而稳定的字形之后，西汉的大作家如司马相如、扬雄，如何假借"形""声"制造新字，以供应其描写更复杂而富丽的对象。这些新字形虽可有经典上训诂的根据，但却不能为一般人所通解，而有待博学者或师傅的讲解始得知其含义。推其原因，这不是由于前人的文才特别高迈，而是由于那些字形有了转变，关于这转变的提示，又不仅使人了解所谓"鸿笔"之徒的用字已与一般人的习惯用字脱了节，因而用那种字组成的文章，便不是一般的文章，如果那是"雅"的，则一般的便是"俗"的。文学史上有"雅""俗"分途进展的作品，显然，字形的构造亦为其原因之一。他认为西汉作家使用的许多珍奇的"玮字"，到了东汉，因作家们不再用小学的方法制造奇字，遇到新意或新名，则使用"复文隐训"的方法来填补原有文字之不足。然而什么是"复文隐训"呢？有人解释是合并二字为一字如"长"字"斗"字，而于"马"字头上改为"人"便为"长"字，人字持着"十"字便为"斗"字之类。实则这只是俗书字形的以讹传讹，而于作家用字上，本不欠缺"长""斗"等字，没有必要更制作马头人之"长"与人持十之"斗"。如果作家遇有新"意"而没有得到相当的字可以表示，而又不愿制造新字使人不懂，他们宁用"青驹""黑马"来代替"骢""骊"等单字。这样以"复文"见意，不但使"玮字"不必增多而指述的范围却可以扩大。韩愈有言："周公以下其说长"，虽显得文字加长，然而指述的内容亦日益精进。这是人智日辟，配合着用字习惯的改良，是一种自然的趋势，于是到了魏晋以下，字形不变，字数不增，亦一样地可以表达更新颖、更复杂的意思了。至于"隐训"，亦当由于不造新字而就原有的字义字音作引申或假借的运用，如"洞"字是疾流之意，引申为"洞达"，为"洞壑"，但因借用既久，习惯亦成自然。又如"夸毗"二字，本训"体柔"之义，而沿袭成为"夸诞"的意思。《颜氏家训·文章》篇特提出矫正，但是刘勰写《比兴》篇云："炎汉虽盛，而辞人夸毗"，却正随着当时误用的义训。凡此由于隐训所造成的结果，只可评为"臧否大半"，亦即，有的用得恰当，有的无理可喻。唯是记号之为物，要紧的是"约定俗成"，犹如荀子所说的"名无固宜，约之以命，约定俗成谓之宜，异于约则谓之不宜"。因而语音与字形皆随时宜而演变，其演化的迹象虽非一朝一夕便见分晓，但演化的事实固在。又为了有这基层变动的事实在，而表见于文章上便亦不是一成不变的了。《练字》篇触到这个问题，即要人们留意莫使"字妖"的出现。颜之推《文章》篇引沈约的话说："文章当从三易：易见事，一也；易识字，二也；易诵读，三也。"可见刘勰的这样见解，是代表那时代的思想，又不特在声律上附和着沈约的意见而已。接着他骡栝用字的要点说：

是以缀字属篇，必须拣择：一避诡异，二省联边，三权重出，四调单复。诡异者，字体瑰怪者也。曹摅诗称"岂不愿斯游，褊心恶呦哕"，"呦哕"两字怪异，大疵美篇，况乃过此，其可观乎！联边者，半字同文者也。状貌山川，古今咸用，施于常文，则龃龉为瑕，如不获免，可至三接，三接之外，其"字林"乎！重出者，同字相犯者也。诗骚适会，而近世忌同，若两字俱要，则宁在相犯。故善为文者，富于万篇，贫于一字；一字非少，相避为难也。单复者，字形肥瘠者也。瘠字累句，则纤疏而行劣；肥字积文，则黯黕而篇暗；善酌字者，参伍单复，磊落如珠矣。凡此四条，虽文不必有，而体例不可无。若值而莫悟，则非精解。

这里说到拣择用字，是较《镕裁》《附会》二篇提出更具体的事例；并且说明他提出的四个例子，虽不是每篇文章都会遭遇到的问题，然而这体例不可不知。其实他的第一例，即是提倡使用"易识"的字，第二例是避免一直连缀偏旁相同的字，当然像司马相如《上林赋》的"嵯峨嵘嵘刻削峥嵘，玫瑰碧琳珊瑚丛生"

一样的句子，其中半字相同者接二连三而至于四五字，只能算是"字典"而不成其为文章。不过如张协杂诗"沉液漱陈根"，同一偏旁字相接至三，而其中因有"状词""名词"与"动词"的区别，所以可至"三接"；过乎此数，便亦不适宜了。其次是"重出"，尤其在较短的诗句上须有所禁忌。不过，古人为情造文，遇有必要，仍不忌其重复，但忌"字"既相同"意"又重复。最后关于字形的肥瘠，关系于视觉的效果，如果整行堆砌笔画繁杂的字，或是单用笔画稀少的字，由视觉传达的印象亦显有不同，这算是他对于"字"的讲究，通乎文艺的心理，较之陆机《文赋》所称"谬玄黄之秩叙，故淟认而不鲜"，更是说得纤细了。

六、雕龙之术

(一)《章句》

关于文章构造的基本问题，从最小的单位"字"之后，就是缀字为"句"，积"句"或"章"，合若干"章"乃成一篇。如果所要表达的意见很单纯，而无须分章写出，则那单纯的意见一章便了。所以单就表意来说：从用字，造"句"以至于成"章"，又为文章的基本构造，《章句》篇即就此着眼；至于《谋篇》之事，则已别见于《镕裁》与《附会》二篇的讨论。为了构成文句，用中国的文字特色，尤其在《文心雕龙》作者时代，对偶式的造句最受重视，故于《章句》之下接以《丽辞》篇，只能算是代表那时代文风的特殊意见；倘若按实说来，"丽辞"只是造句上之一形式，所以这里将《章句》《丽辞》二篇，合而言之。所谓章句，依他的解释是：

> 夫设情有宅，置言有位。宅情曰章，位言曰句。故章者明也；句者局也。局言者，联字以分疆；明情者，总义以包体。区畛相异，而衢路交通矣。夫人之立言，因字而生句，积句而为章，积章而成篇。篇之彪炳，章无疵也；章之明靡，句无玷也；句之清英，字不妄也；振本而末从，知一而万毕矣。

这里说"设情有宅"，这个"宅"当然是《练字》篇说的"文字"为"文章之宅宇"的意思。因为内在的情意是寄托于文字，而文字的连缀亦即内在情意的连续，为求连续的情意表达得明朗清晰，所以其中可划分若干单元。最小的单元是一个"字"，稍大的是一个"句"，再大的是一"章"，最大的是一"篇"。这些单元的区分，古人都不用特别的符号加以注明，因此读者必须从其"联字以分疆"与"总义以包体"的作用（亦即句读法）去揣摩其所寄寓的情意。于是对于单元与单元之间每个字所在的位置便很重要。因为这位置上下的安排，是依据日常说话的语法，懂得说同样的话者，照理亦懂得它写成文字之后的文法。但是口语的话较为便捷，而书写的语言就麻烦得多了。因此口语与书写的文章，自古以来就不是一对一的顺当，尚有待人们对书写的文法与其识字同时进行特殊的训练。这《章句》篇，当然是为那已知文法的人立说，不然"联字以分疆""总义以包体"云云，即无法从一连串的文字上看出。譬如关于句读，章法的认识，这本来就是相当困难的事情，自汉代以来讲究的"章句之学"，一些章句，常因其联字之不易于分疆，演生许多不同的见解；即至今日，人们对于没有句读符号的书本，仍常发生误解，即亦可知章句上的这种问题，不是三言两语交代得明白的，他在这里便轻轻带过，而仅就"章""句"的构造方面略为叙述。依其所说的章句构造，是先把"文"与"笔"的章句，揭其总纲。他说：

夫裁"文"匠"笔"，篇有大小。离章合句，调有缓急，随变适会，莫有定准。句司数字，待相接以为用；章总一义，须意穷而成体。其控引情理，送迎际会，譬舞容回环，而有缀兆之位；歌声靡曼，而有抗坠之节也。寻诗人拟喻，虽断章取义，然章句在篇，如茧之抽绪，原始要终，体必鳞次；启行之辞，逆萌中篇之意；绝笔之言，追媵前句之旨。故能外文绮交，内义脉注，跗萼相衔，首尾一体。若辞失其朋，则羁旅而无友；事乖其次，则飘寓而不安。是以搜句忌于颠倒，裁章贵于顺序。斯固情趣之指归，"文""笔"之同致也。若夫笔句无常，而字有常数；四字密而不促，六字格而非缓，或变之以三五，则应机之权节也。

以上说明结构章句的原则，是通用于写作有韵之"文"或无韵的"笔"。他首先是说章句的结构，因文章的篇幅长短没有一定，同时造句与分章，随着调语之或缓或急，亦多变易。不过缀字成句必待字义之衔接始发生作用，而一章是要完全表达这一段的意思始得成为其一"章"。其中如何把握心里的意思而外注于文字章句上，正似舞者的舞姿，在变化之中却有一定步法可循；又像歌者的歌声，在其长短高低之中亦有一定的节拍。有如诗人表意，虽多浓缩的语意，然而篇中的一章一句都是循序渐进，互相衔接，从上文带动下文，而结尾又照应着前面的意旨。因而字字相涉，语意连贯。所以"章"之与"句"，如花托之捧着花朵，看似二物，实则一体。如果失其层次，不变作意义不完全的单语，亦要变成语无伦次的文章了。所以"句"之安排，最好不要颠倒；而"章"的段落，亦要有其秩序。因为这是合乎认知的过程与情感演进的实况，无论"文""笔"，于章句上都不能离乎这个原则。由此看来，一篇之中的句子虽则多寡不定，但每一句的字数总有适当的数目。浓缩的字句要做到语简而意足，冗长的字句亦不可分散读者注意点。例如经典之文，四字句"密而不促"，六字句"格而非缓"，是所常用的；或则变四为三，易六以五，这是调节语气，应付机宜使用的。例如古来有韵之文，他说：

诗颂大体，以四言为正；唯"祈父""肇禋"，以二言为句。寻二言肇于黄世，"竹弹"是也。三言兴于虞时，"元首"之诗是也。四言广于夏年，"洛汭"之歌是也。五言见于周代，"行露"之章是也。六言七言，杂出"诗""骚"，两体之篇，成于西汉，情数运周，随时代用矣。

这里连带说到句中的字数，是根据他所见的经典而言。他认为用两字造句，如《诗经·小雅·鸿雁之什》的《祈父》诗，开头只用这二字为句，同书《周颂·清庙之什》的《维清》诗中亦有仅用"肇禋"二字为句的。这两字句依他的了解该出于黄帝时代的《竹弹》之歌。其他三四五字句是随时代而出现，到了六字与七字句，则西汉的赋颂就广为使用，有了这许多字数不等的句式，后代已足够应用了，因为八字句、九字句或更多的字句都不过是二字至七字的基数凑成的，便可不提了。接着要提出的是有韵之文，在章句上的押韵与助字的问题。押韵与调理情意有关，他很同意陆云说的：四句之后一换韵脚是较妥当的。因为两句一换韵，则声韵显得急躁；反之，如果写了一百句仍用同样的韵脚，不免使人有厌烦的感觉。至于助字，如古文中用以发句的"夫""惟""盖""故"等字；用以连接的"之""而""于""以"等字；用以结尾的"乎""哉""矣""也"等字，其本身虽没有什么意义，但上下字义与句子的语气却靠它们得以分外清明，就亦为章句中不可或缺的作料了。

（二）《丽辞》

不过章句上常见而又特殊的组合，便是那成双捉对的句式，称为"丽辞"。尤其是《文心雕龙》作者时代最为风行而受普遍重视的文章体式，因此特辟专篇附于《章句》之下讨论。他认为这种丽辞之发生，亦是出于人们表达思想而自然形成的。为着人们思考过程要靠种种联想，而联想是有连接的，如见"牛"思"马"；又有反对的，如见"黑"思"白"。这样联想之形于语言的顺序，往往使一点意思要用两个相关的语句来完成。因而上下互相关联，便"自然成对"了。不过，早见于经典中的这种丽辞，如"罪疑唯轻，功疑唯重""满招损，谦受益""云从龙，风从虎"等，都是直接印合于心意，并不在那"对句"的字面加意用功。自有专门以文辞为业务的辞人出现，始加意在字面上刻画，到了魏晋以下，作家们甚或故意把一句话分作两句来说，而使那上下句中字字成对，而且渐渐还考究出种种规则。他约述这些规则，说：

丽辞之体，凡有四对："言对"为易，"事对"为难，"反对"为优，"正对"为劣。"言对"者，双比空辞者也；"事对"者，并举人验者也；"反对"者，"理"殊"趣"合者；"正对"者，"事"异"义"同者也。长卿《上林赋》云："修容乎礼园，翱翔乎书圃"，此言对之类也；宋玉《神女赋》云："毛嫱障袂，不足程式，西施掩面，比之无色。"此事对之类也。仲宣《登楼赋》云："钟仪幽而楚奏，庄舄显而越吟。"此反对之类也。孟阳《七哀》云："汉祖想枌榆，光武思白水。"此正对之类也。凡偶辞胸臆，言对所以为易也；徵人之学，事对所以为难也；"幽""显"同志，反对所以为优也；并贵共心，正对所以为劣也。

他略举丽辞的四种规则，所谓"言对"，只是字面看来成双，如"礼园"之对"书圃"，可以随意构造字面而不必有确实的典据，所以写来容易；不像事对，必须有故事根据。毛嫱西施，传说中既确有其人，障袂掩面，记载上亦实有其事（不过此事出于何书，连李善亦注不出来，只能看作古书亡佚之故），要找到这样现成的事，就困难得多了。至于反对正对，反对是用恰相反的事实或理由来证成一个意思，譬如钟仪之奏出楚歌，他那时是个俘虏（见《左传·成公九年》），而庄舄之怀念越歌，他那时却是在楚国做官（见《史记》陈轸传）。二人的思乡情怀如一，而处境则恰相反，使用这二例以强调"处境虽殊而乡思如一"之意。因其强调语意，所以是好的。至于正对，不过是列举同一的事例说了又说；重重复复，便不是好的对句了。关于对句的好坏，他最后说：

是以"言对"为美，贵在精巧；"事对"所先，务在允当。若两事相配，而优劣不均，是骥在左骖，驽为右服也；若夫事或孤立，莫与相偶，是夔之一足，踸踔而行也；若气无奇类，文乏异采，碌碌丽辞，则昏睡耳目。必使理圆事密，联璧其章，迭用奇偶，节以杂佩，乃其贵耳。类此而思，理自见也。

这是说"言对"使用虚拟的字词，写来容易，因而反难看出好处，要有好处，就得在"精巧"上用功；而"事对"所难，并非由于无故事可用，而难乃在其与用意是否惬当。如果找到了一个惬当的故事，再没有相当的故事与之配合，而胡乱凑上一个似是而非对句，就像把领驾的好马系在左边反而用蹩脚的马配在右边，想要语意明健，便做不到；若使仅有单独的事例，勉强凑作丽辞，那简直就是独脚兽一样，要跳掷而行了。尤其是尽用一些平凡的言语或事例，连篇累牍写下无数的对子，虽然写得辛苦，但亦使人越看越想睡了。

(三)《比兴》

《文心雕龙》于《章句》《丽辞》篇后还有《比兴》《夸饰》《隐秀》《事类》《物色》等篇。这后面的几篇中，《隐秀》篇因原文残缺甚多，无法说定其内容如何，但从其仅余的几句话看来，所谓"隐以复意为工，秀以卓绝为巧"，显似亦为章句的构造之事，应与"比兴"或"夸饰"的语型相连，共为章句表现方式的讨论。至于《事类》与《物色》二篇，既为《丽辞》中所称"言对""事对"所必需的素材，似乎亦宜附于《章句》《丽辞》之下叙述。因此，这后面的几篇，可视为一是讲解章句特有的造型，二是讲解章句中所包含的特殊材料。因其特殊，所以要分篇提出。这只要细看这几篇内容的重点，都不是就整篇文章立论，就可信那是着眼于"章句"的。现在先就章句的造型方面，看他对于"比兴""夸饰"及"隐秀"所作"释名以章义"的说明：

"比""兴"的名称，取自《诗经》的六义说。孔颖达疏解诗序所言的六义，谓六义中的风、雅、颂，是诗之体；赋、兴、比，是作诗之法。以赋、比、兴为作诗的三种方法，这解释从来没有异议。赋的方法较易明了；它只是指述一种用直接描述法造成的章句，至于比、兴，就较为麻烦；尤其是"兴"的定义。与刘勰同时代的评诗大家钟嵘说："文已尽而义有余，兴也；因物喻志，比也。"比是使用譬喻以表意的写法，与赋之"直书其事"的定义，亦几乎没有异议；而麻烦的乃在于"文已尽而意有余"的"兴"，不仅到了后世越解释越显纷杂：例如《诗经》里两首同题《柏舟》的诗，毛公作传，同说是"兴"，郑玄笺注，就有区别，而朱子《诗集传》则把《邶风》里的说是"比"而把《鄘风》里说是"兴"。诸如此类，其例非一，就使得因"兴"的含义不易界定；连累到"比"的作用亦很模糊了。刘勰写的《比兴》篇，同样是对于"比"说得相当清楚，但对于"兴"却说得不够周详，所以必须就其三言两语略加演述，然后始能稍见其义旨之所在。《比兴》篇开头说：

诗文弘奥，包韫六义；毛公述传，独标"兴"体，岂不以风通而赋同，"比"显而"兴"隐哉？故"比"者，附也；"兴"者，起也；附理者切类以指事，起情者依微以拟议。起情，故"兴"体以立；附理，故"比"例以生。"比"则蓄愤以斥言，"兴"则环譬以寄讽。盖随时之义不一，故诗人之志有二也。

这里开头将句，他即把"兴"体说成十分暧昧的表达法。因为据毛公诗传，虽言"诗有六义"，但实际对那三百五篇诗，说明某诗属于某义的，只用"兴也"二字，其余是否属"比"属"赋"，都没有说明。所以刘勰认为毛公"独标兴体"的理由是"风通而赋同，比显而兴隐"。亦即谓直述所感的赋，语意自明；而借甲比乙的语式，亦容易看得清楚；唯有"兴"体，是兼有象征或隐喻的作用，说了半天的"甲"而意思却不在"甲"上，仅是一种"依微以拟议""环譬以寄讽"的表现方式，较之一般譬喻，含意要深奥而悠远得多。有如：诗言"关关雎鸠，在河之洲"，毛公传曰："兴也"。因为这是兴体，即非使用"在河之洲的关关雎鸠"来比喻"君子"及"淑女"，而是同情于雎鸠求偶示爱时的"真挚"，这便与"首如飞蓬"或"两骖如舞"那样直捷的比譬，有着较繁复的情意包含在内了。因此，他接着说：

　　观夫"兴"之托喻，婉而成章，称名也小，取类也大。关雎有别，故后妃方"德"；尸鸠贞一，故夫人象"义"；义取其贞，

无从于夷禽；德贵其别，不嫌于鸷鸟。明而未融，故发注而后见
也。

《比兴》篇之说明"兴"体，到此为止，所以这几句话在这篇中
既难得而又重要。所谓"称名也小，取类也大"，是指兴体在章
句上所托喻的名物虽很简单，但借这名物而可能引起联想的范围
却甚广泛。正似毛公读《关雎》之诗，竟写下："关关，和声也。
雎鸠，王雎也；鸟，挚而有别。水中可居者曰洲。后妃悦乐君子
之德，无不和谐，又不淫其色，慎固幽深，若雎鸠之有别焉。"
虽这一大串只是毛公的联想，但刘勰之言兴体，正是依据那联想
的作用以举例。其次举出《召南·鹊巢》之诗，亦是根据毛公说
的"鹊巢，夫人之德也。国君积行累功，以致爵位；夫人起家而
居有之，德如鸤鸠，乃可配焉"。他以为兴体即是这样，其中虽
含有譬喻的性质，但所譬喻的却不是那名物之某一部分与所要说
的意旨相合，而是把自己的感情移入于那名物中而想象其生活之
全体。仿佛今人所说的"隐喻"或"象征"的手法，因此关雎或
鸤鸠是诗篇里的象征物而不是譬喻物，虽然象征亦可说是譬喻性
之放大，但与下文所言之"比"，毕竟有所区别。这种区别，他
仅以"称名也小，取类也大"八字来说明。其实所谓"取类"，
即是取其类似；而其与比拟的用法之不同，仅在其作用范围之大
小之差而已。至于"比"体，他说：

何谓为比？盖写物以附意，飏言以切事者也。故"金""锡"以喻"明德"，"圭""璋"以譬"秀民"，"螟蛉"以类"教诲"，"蜩螗"以写"号呼"，"浣衣"以拟"心忧"，"卷席"以方"志固"；凡斯切象，皆"比"义也。至于"麻衣如雪""两骖如舞"，若斯之类，皆"比"类者也。

夫比之为义，取类不常，或喻于声，或方于貌，或拟于心，或譬于事。宋玉《高唐》云："纤条悲鸣，声似竽籁。"此比"声"之类也；枚乘《菟园》云："焱焱纷纷，若尘埃之间白云。"此则比"貌"之类也。贾生《鵩鸟》云："祸之与福，何异纠缠。"此以物此"理"者也；王褒《洞箫》云："优柔温润，如慈父之畜子也。"此以"声"比"心"者也；马融《长笛》云："繁缛络绎，范蔡之说也。"此以"响"比"辩"者也；张衡《南都》云："起郑舞，茧曳绪。"此以"容"比"物"者也。

故比类虽繁，以切至为贵，若刻鹄类鹜，则无所取焉。

在这以前，王符的《潜夫论·释难》篇已经说到："夫譬也者，由于直告之不明，故借物之然否以彰之。"而直告之不明，正像孟子与告子之问答："孟子曰：生之谓性也，犹白之谓白欤？曰：然。（曰）白羽之白也，犹白雪之白；白雪之白也，犹白玉之白欤？曰：然。（曰）然则犬之性犹牛之性，牛之性犹人之性欤？"依这说法，则直告以"性"或"白"，有时会使语意陷于不明；因为人性、犬性、牛性，羽之白、雪之白、玉之白，各有区别，要把语意弄清楚，就不能不借牛犬羽雪等为譬喻，所谓"写物以附意，飏言以切事"，正是这比喻的作用。飏言，是强调语言；切事，是把语意表示得更真切。因此，自来文章，遇到必须强调或表示真切之处，不能不用譬喻；尤其是诗赋的作家，处处要求强调其语意，而使用譬喻的语型亦日益发达。所以此篇中云："炎汉虽盛，而辞人夸毗，讽刺道丧，故'兴'义销亡；于是赋颂先鸣，故'比'体云构"，正是说明这种句法发展的情形。接着又把云构的比体，略加分析为声、貌、心、事四端。而这四端，本是那借来打"比"的事物所同时具有的某一端，或声或貌或心或事，以与其所要说的对象相比拟，有如白羽之白，其实白羽于其"白"之外，仍有其他的性质、形态，等等，但为了与其本旨无关，便舍而不取，所以这里就明定了"比之为义，取类不常"。换言之：被用作比拟之事物，不限定于事物的那一"端"，而只取其类似的部分。

（四）《夸饰》

夸饰与用"比"的手法关系相当紧密，因此辞赋家盛行夸饰之时亦是比体云构之世。《夸饰》篇开头说：

形而上者谓之道，形而下者谓之器。神道难摹，精言不能追其极；形器易写，壮辞可得喻其真；才非短长，理自难易耳。故

187

自天地以降，豫入声貌，文辞所被，夸饰恒存。虽诗书雅言，风格训世，事必宜广，文亦过焉。是以言"峻"，则"崧高极天"；论"狭"，则河不容舠；说"多"，则子孙千亿；称"少"，则民靡孑遗；襄陵，举"滔天"之目，倒戈，立"漂杵"之论。辞虽已甚，于义无害也。

这里说明现象界的事物，只要强调语意便可说得更具体而动人，因此像经典那样记载宝贵的生活经验以教导世人的文章，亦常用夸大的表达法。例如《诗经·大雅·崧高》篇，写到山岳之高，便说是"崧高维岳，峻极于天"，而把其高度推到与天相等。《鄘风·河广》之诗，写到河流之狭，便说是"谁谓河广，曾不容舠"，而把那河面说成容纳不下一只小舠板。说到子孙众多，则动用"千亿"的数目，如《大雅·假乐》之诗的"子孙千亿"；而说"少"，如《大雅·云汉》之诗的"周余黎民，靡有孑遗"，又写得几乎不剩一个人了。其他如《书经》描写舜时洪水，以"浩浩滔天"来形容；《周书·武成》，描写武王伐纣，纣军败北，兵士流下的血足以漂走盾牌。这种夸张的描写，无非用以表示"非常"之状态，如果懂得其中寓有"非常"之意在，则无论怎样夸张，都不妨害作者预期的意思。唯是"夸"与"饰"，虽与"比""兴"一样，都不是直截了当的指述，但二者的作用又有消极与积极的差别。大抵"夸"是积极的，如同"比"的放大，亦可说是过分的譬喻；而"饰"则是消极的，只顾说得热闹动听，以凑成夸大的效果。这作风要以辞赋家最为擅长，往往以想象的事物代替真实的现象；循这作风演进，文章里便显得想象的事物愈多，而真实的事物愈少了。他说：

> 自宋玉景差，夸饰始盛。相如凭风，诡滥愈甚。故上林之馆，奔星与宛虹入轩；从禽之盛，飞廉与鹔鹴俱获。及扬雄《甘泉》，酌其余波；语瑰奇，则假珍于玉树；言峻极，则颠坠于鬼神。至东都之比目，西京之海若，验理，则理无不验；穷饰，则饰犹未穷。又，子云羽猎，鞭宓妃以饷屈原；张衡羽猎，困玄冥于朔野。夌彼洛神，既非罔两；惟此水师，亦非魑魅；而虚用滥形，不其疏乎！此欲夸饰其威武，而忘事义之暌刺也。

宋玉和景差，可说是楚国的专业文人。专业文人仅赖文章以取世资，不能不使用夸饰的文章动人视听。司马相如的身份恰与相等，益逞其想象能力来制作辞赋，所以《上林赋》竟把天上的流星与彩虹引为室内的装饰；把神话中神鸟亦锁入天子的鸟笼。到了扬雄的《甘泉赋》，写到甘泉宫的奇花异草，竟有仙家的青葱玉树；说及台殿的高耸，连鬼魅爬到一半亦要力竭而下坠。其他如班固《西都赋》提到的比目鱼和张衡《西京赋》提到的海神"海若"，左思《三都赋》序，已斥其为无稽之谈；至如扬雄另一作品《羽猎赋》，居然要鞭赶着洛水的女神宓妃去为屈原送饭；而张衡的《羽猎赋》亦有"困玄冥于朔野"之文（此文不传）。但宓妃玄冥都是神祇而不是水怪，而玄冥本即为北方司水之神，如此说来，他们不顾事理，滥用神话，实在有些说不过去了。因此《夸饰》篇最后说：

> 然饰穷其要，则心声锋起；夸过其理，则名实两乖。若能酌诗书之旷旨，剪扬马之甚泰，使夸而有节，饰而不诬，亦可谓之懿矣。

因为使用夸饰的方法，目的仅在强调语意，并非制作谎言。若使过度夸饰，不但是心声锋起而想入非，而且所想的变得与所要说的分成两截，驴唇不对马嘴，反使人看得不知所云了。他认为最好的是参酌经典里所以要夸饰描写的用意，同时排除扬雄、司马相如等辞赋家之"虚用滥形"的描述，那就不失应用夸饰的效果了。

(五)《隐秀》

至于《隐秀》一篇，因原文残缺，无从看清其义例，但南北宋之间，张戒撰《岁寒堂诗话》引称"刘勰云：情在词外曰隐，状溢目前曰秀。"这二句，虽不见于今之《隐秀》篇，但却有"释名以章义"的作用；如其不然，那就是现在篇中之"隐也者，文外之重旨者也；秀也者，篇中之独拔者也"二句曾经张戒改造过了。总之，这二句是《隐秀》篇的提纲，而将"隐"与"秀"分成二种语型，并且是指在篇中的语型而言，可信亦与"比兴""夸饰"等语型，同属"章句"上事。他说：

> 夫隐之为体，义生文外，秘响旁通，伏采潜发，譬爻象之变互体，川渎之韫珠玉也。故互体变爻，而化成四象；珠玉潜水，而澜表方圆。

这是仅余的对于"隐"的语型之说明。依其所使用的譬喻，是说八卦相叠，其运用范围仍甚有限，唯因相叠的六爻，可以上下互调，于是卦象即生变化。而文字之为用，迹亦相同。积字成句，每字各有其含义，由于连缀相叠，使单字的含义增充而多变化。如果那含义仅在乎暗示，则那语意之外便另有所指述了。比兴，用为比喻或象征事物，而隐语之于章句，则是用以"暗示"其他事物。他在《谐讔》篇云："讔者隐也，遁辞以隐意，谲譬以指事也。"那种"讔"，虽指整篇文章而为名，但其作用实仍在"隐"，故就其作用言之，遁辞隐意，谲譬指事，当与《隐秀》所言之隐，同其手法，只不过是指章句中之一语型而已。至于秀句，他既称之为"篇中之独拔"，如果可视为陆机《文赋》中所谓"立片言而居要，乃一篇之警策，虽众辞之有条，必待兹而效绩"是相同的意思，则警策的语句，当是整段或整篇文章的眼目，亦为使人兴奋的语句。但它之所以成为"警策"，并非突然冒出，必须前扶后拥，使语势突出，而成为最惹眼的语句。不过它既非全篇的结论，故所担承的只是章句上特具推动力的语型。他说：

> 凡文集胜篇，不盈十一；篇章秀句，裁可百二。并思合而自逢，非研虑之所求也。或有晦塞为深，虽奥而非隐；雕削为巧，虽美而非秀矣。故自然会妙，譬卉木之耀英华；润色取美，譬缯帛之染朱绿。朱绿染缯，深而繁鲜；英华耀树，浅而炜烨，秀句所以照文苑，盖以此也。

这里说秀句是"思合而自逢、非研虑之所求"，表示得十分清楚。因为那样句子不是靠雕琢矫饰而成，是由思绪的推展，触发了灵机而构成的语句。这种语句之受重视，大概在宋齐时代即颇风行，如钟嵘《诗品》说到谢灵运独自欣赏其"池塘春草"之句；《南史·丘灵鞠传》记载齐武帝把他的挽诗摘句来读，而《南齐书·文学传》论还记有"张视摘句"的书，都是特对秀句之注意。《隋书·经籍志》杂家类著录有沈约的《珠丛》、庾肩吾的《采璧》、朱澹远的《语丽》等，其书虽已不传，然顾名思义，都该是唐代以后人们纂集"古今诗人秀句"或"文场秀句"同类的东西。因此可知，使用这种"披沙简金，时时见宝"的鉴赏方法，是晋宋以来独受支持之一鉴赏法。然而刘勰在《明诗》篇说："俪采百字之偶，争价一句之奇，情必极貌以写物，辞必穷力而追新，此近世之所竞也。"看这口气，颇有非议之意。所以此篇提到秀句，

192

特说明它是"思合而自逢，非研虑之所求。"这样，则对他所作"秀句"的看法就较为清楚。

（六）《事类》

《文心雕龙》于讨论章句之后，附带提到"比兴""夸饰""隐秀"诸种造语的形式，同时亦提出与这些语式相关联的材料之应用方法。一是《事类》篇，一是《物色》篇。虽然现行本把这两篇分隔得很远，其实二者不仅与比兴、夸饰有关，而且所以造成比兴或夸饰，多半有赖于事类与物色。换言之，事类或物色虽不属于文章的表达方法，但表达方法往往是托它们始得现形。因此之故，今将这两篇合并在这里解释。《事类》篇开头说：

> 事类者，盖文章之外，据事以类义，援古以证今者也。昔文王縡易，剖判爻位，既济九三，远引高宗之伐；明夷六五，近书箕子之贞；斯略举人事以征义者也。至若胤征羲和，陈政典之训；盘庚诰民，叙迟任之言；此全引成辞以明理者也。然则，明理引乎成辞，征义举乎人事，乃圣贤之鸿谟，经籍之通矩也。大畜之象："君子以多识前言往行"，亦有包于文矣。

这里引经据典的模式，认定文章中之"使事""用典"是自有文章以来必有的现象。首先举出周文王为卦兆作占辞，而记载在

《周易》既济卦内，其九三的占辞即说："九三，高宗伐鬼方，三年克之。"因为卦兆奥妙，难以直述，所以使用殷高宗伐鬼方的故事，作为具体的例证说明。高宗以三年之力，打败了北方的敌国，殷国因而复兴，这事迹可说是先困难而终得成功，便是既济九三的爻兆，所以这种举例，亦等于一种譬喻的方法。其次如明夷一卦，其六五并占辞曰："六五，箕子之明夷，利贞。"箕子是殷纣时之贤臣，殷纣昏暗，箕子装疯自处于奴隶以保清白，这事迹亦即以譬喻明夷六五的爻兆。又如《书经·胤征》篇说羲和无道，胤侯奉命前往讨伐，誓师时曾引夏代的政典曰："先时者杀无赦，不及时者杀无赦。"而同书《盘庚》篇亦载其迁都时布告百姓，布告中特引用迟任的话说："人惟求旧；器非求旧，惟新。"这都是上古文章利用故事或律文宝训的例子。用故事是在文章上"使事"，用典语是在文章上"用典"。使事用典，虽亦为"借甲说乙"，与譬喻的作用相似，但前者是取其间之"必然"的关系，而后者乃取其间"可能"的关系。所以他把前者定义为"据事以类义，援古以证今"。举例证，是理智的作业；设譬喻，只是想象的运用，故对于"事类"特重材料之抉择，他说：

凡用旧合机，不啻自其口出；引事乖谬，虽千载而为瑕。陈思，群才之英也，报陈孔璋书云："葛天氏之乐，千人唱，万人和，听者因以蔑韶夏矣"，此引事之实谬也。按葛天之歌，唱和，三人而已。相如《上林》云："奏陶唐之舞，听葛天之歌，千人唱，万

194

人和。"唱和千万人，乃相如推之，然而滥侈葛天，推"三"成"万"者信赋妄书，致斯谬也。陆机《园葵》诗云："庇足同一智，生理合异端。"夫葵能卫足，事讥鲍庄；葛藟庇根，辞自乐豫。若譬"葛"为"葵"，则引事为谬；若谓"庇"胜"卫"，则改事失真；斯又不精之患。夫以子建明练，士衡沉密，而不免于谬。曹洪之谬高唐，又曷足以嘲哉？夫山木为良匠所度，经书为文士所择，木美而定于斧斤，事美而制于刀笔，研思之士，无惭匠石矣。

这一段举例说明使事用典的要诀，在乎使用得切实恰当。例如曹植写给陈琳的信上说：葛天氏之乐千人唱万人和，听众以为盖过韶夏正乐。引用的典故，本出于《吕氏春秋·古乐》篇，然《古乐》篇所载："昔葛天氏之乐，三人操牛尾投足以歌八阕。"明明只有三人，曹植将三作万，是错误地使用典故。不过这里，他同时又引司马相如的《上林赋》，已经把三人说成千万，如果这是错误，司马相如有例在先，应负误用典故之责，而曹植所引据的或是《上林赋》而非《吕氏春秋》，则亦不能算错了。再者，刘勰于表达方法上曾许有夸饰之辞，并且已经说过"相如凭风，诡滥愈甚"，所以倘就夸饰的手法着眼，这亦不能算是太大的毛病。要说毛病，应在于把"例证"当"比喻"，减少可信性，即成夸诞之言了。其次如陆机写的《园葵》诗，其中引用《左传·成公十七年》记载的"仲尼曰：鲍庄子之智不如葵，葵犹能卫其足。"孔子此言是指齐灵公斫了鲍庄子的足，因为俗语葵叶向日，尚能掩蔽其根，而鲍庄子却不能自卫。"卫"字，陆机改用"庇"字，意虽可通，但庇根之语则别见《左传·文公七年》的记载，那是指乐豫的事；然乐豫的事又与"足"无关，所以改"卫"为"庇"，便有跂疑莫知出典之嫌；而一字之差，语意便亦欠稳妥了。虽然这是极度的吹求，但理智的作业不可出之以想象，所以就明练的曹植，沉密的陆机来说，毕竟还是个缺点。至如陈琳替曹洪写给曹丕的信说："盖闻过高唐者，效王豹之讴。"这是引用《孟子·告子下》篇之文，但《孟子》的原文是："昔者王豹处于淇，而河西善讴；绵驹处于高唐，而齐右善歌。"如果这封信要用"高唐"，就该说是"绵驹"；如果要说"王豹"，就该写作"盖闻过淇上者"。这样错引人名，有似张冠李戴，难怪曹植与杨修信上，竟说陈琳"画虎不成反为狗也"。因此使事用典，要利用书本上的材料，有如良工在山上拣选木材，有了好材料还要写作才能始得制成好文章。关于这一点，他在《事类》篇特别致意说：

　　夫姜桂因地，辛在本性；文章由学，能在天资，才自内发，学以外成；有学饱而才馁，有才富而学贫。学贫者，迍邅于事义；才馁者，劬劳于辞情；此内外之殊分也。是以属意立文，心与笔谋，才为盟主，学为辅佐，主佐合德，文采必霸；才学褊狭，虽美少功。夫以子云之才，而自奏不学，及观书石室，乃成鸿采。表里相资，古今一也。

这些话虽偏重在书本上的材料立说，但运用材料的能力与其足供运用的材料关系密切。笨厨子固然不能弄出佳肴，而巧妇亦不能做无米之炊。学之贫富，关系其人对事经验之多寡。经验短缺的人，固无以曲引旁征而把事理说得通达圆融；但不善于写作的人，往往颠三倒四，顾此失彼，而终说不出其所以然。他以为写文章主要的在于得心应手，先有主意，然后随所记诵以抽绎而出，做到"用旧合机，不啻自其口出"。亦即把故事典语镕铸为自己的语言。因此关于取材与应用，他又说：

　　夫经典沉深，载籍浩瀚，实群言之奥区，而才思之神皋也。扬班以下，莫不取资，任力耕褥，纵意渔猎，操刀能割，必列膏腴。是以将赡才力，务在博见，狐腋非一皮能温，鸡跖必数千而饱矣。是以综学在博，取事贵约，校练务精，捃理须核，众美辐辏，表里发挥。刘邵《赵都赋》云："公子之客，叱劲楚令歃盟；司库隶臣，呵强秦使鼓缶。"用事如斯，可称理得而义要矣。故事得其要，虽小成绩，譬寸辖制轮，尺枢运关也。或微言美事，置于闲散，是缀金翠于足胫，靓粉黛于胸臆也。

这是就书本上取材而言，读书读得多，不但可以开通思路，而接触的事例亦更富足，因而随所需要，都能有最恰当而切合的材料可用。"综学在博，取事贵约，校练教精，捃理须核"四语，尤为用典使事的原则。但他引用刘邵的《赵都赋》，可惜原文不传，此处所引毛遂叱楚王使结盟，事见《史记·平原君虞卿列传》；蔺相如迫秦王使击缶，事见《史记·廉颇蔺相如列传》，两事皆为赵国扬眉吐气，以之置于《赵都赋》中，自然十分妥帖；而且以冗长的两个故事缩成四句，造语坚实，没有使人犹疑之处，所以说它"理得而义要"，有如车轮的轴心，门户的枢纽，体质虽小，作用甚大。不过这些细节，倘或不善应用，就像把名贵的首饰装在足胫上，而将化妆品涂在胸口上。

（七）《物色》

与"事类"同等重要而为章句中常见的素材之一，便是"物色"。因为自然环境，森罗万象，人生其中，与之呼吸相关，所有经验除了出自书本者外，要以物色最为大端，不但"兴"体由是以立，而借物抒情，"比"体亦随以缘附，依其情用，正与事类相当。或因《文心雕龙》下卷，书帙错乱，现行本以之列于《时序》篇后，既有碍其论叙文心的顺序，又不合其《序志》篇的自述。现在把它附述于此，亦足见作者所表示物色与比兴文章之关联，他说：

> 春秋代序，阴阳惨舒，物色之动，心亦摇焉。
> 是以献岁发春，悦豫之情畅；滔滔孟夏，郁陶之心凝；天高气清，阴沉之志远，霰雪无垠，矜肃之虑深。岁有其物，物有其

容；情以物迁，辞以情发；一叶且或迎意，虫声有足引心，况清风与明月同夜，白日与春林共朝哉！

自"献岁发春"至"霰雪无垠"是细述"春秋代序，阴阳惨舒"的四季物色。钟嵘《诗品序》云："若乃春风春鸟，秋月秋蝉，夏云暑雨，冬月祁寒，斯四候之感诸诗者也。嘉会寄诗以亲，离群托诗以怨。至于楚臣去境，汉妾辞宫；或骨横朔野，魂逐飞蓬；或负戈外戍，杀气雄边，塞客衣单，孀闺泪尽；或士有解佩出朝，一去忘返；女有扬娥入宠，再盼倾国；凡斯种种，感荡心灵，非陈诗何以展其义，非长歌何以骋其情？"这种说明正与刘勰同其见解，不过《诗品序》是把"事类""物色"连接而言："四候之感诸诗"以上诸语，是《物色》篇旨；而楚臣去境、汉妾辞宫以下诸语，是《事类》篇旨而已。今以《诗品序》叙述的顺序来看，"事类"与"物色"亦宜前后相连的。《物色》篇先说明了四候之感人，接着就发挥诗人如何凭之以制作比兴的章句，他说：

诗人感物，联类不穷：流连万象之际，沉吟视听之区。写气图貌，既随物以宛转；属采附声，亦与心而徘徊。故"灼灼"状桃花之鲜；"依依"尽杨柳之貌；"杲杲"为出日之容，"漉漉"拟雨雪之状；"喈喈"逐黄鸟之声；"喓喓"学草虫之韵。"皎日""嘒星"一言穷理；"参差""沃若"，两字穷形，并以少总多，情貌无遗矣。虽复思经千载，将何易夺。

这里说物色触人，而在人心却发无穷的联想。这时使用语言将联想勾摹出来，"心中意"与"眼前景"互相衬托，于写下"桃之夭夭，灼灼其华""昔我往矣，杨柳依依""其雨其雨，杲杲日出""雨雪瀌瀌，见晛曰消""黄鸟于飞，其鸣喈喈""趯趯草虫，喓喓阜螽""谓予不信，有如皎日""嘒彼小星，维参与昴""参差荇菜，左右流之""桑之未落，其叶沃若"等等现存于《诗经》里的章句，其中"灼灼""依依"等都是物色中特受注意之点，亦为诗人之深度感受，应用习成的言语来刻画，如果对这些记号有共同认识的，虽生活于千载之后，仍能依所认识而还原为诗人当时所感受的那声音、那形貌。不过记号的应用，有的随时地而有所改变，因此后人之共同认识则有待训诂家为之注解了。例如"灼灼"，写红色桃花之光艳，"依依"写杨柳柔软的垂条，这是可以想象的。至如嘒彼小星的"嘒"，其叶沃若的"沃"，就得靠"小星"二字而想见其微光之闪动，或是由肥大的"桑叶"而联想及之。这里面，大抵因年代，愈接近的，对于某一记号的共识愈清楚，于是便显见后出的作品对于物色的刻画亦愈精细了。他说：

　　及离骚代兴，触类而长，物貌难尽，故重沓舒状，于是嵯峨之类聚，葳蕤之群积矣。及长卿之徒，诡势瑰声，模山范水，字必鱼贯，所谓诗人丽则而约言，辞人淫丽而繁句也。

200

自近代以来，文贵形似，窥情风景之上，钻貌草木之中。吟咏所发，志惟深远；体物为妙，功在密附。故巧言切状，如印之印泥；不加雕饰，而曲写毫芥，故能瞻言而见貌，即字而知时也。

　　这是略述写景文之进展情形。他以为屈原《离骚》已经大量利用物色以托喻情志，到了司马相如以下，对于物色的描写又加上"夸饰"的方法，累句连篇，便多的是风云月露之辞，更进至他那时代，物色的摹写几成专门，穷形尽貌以制篇章，变成不是寄托其感兴于物色，而只是用文字来图绘物色了。这大概是暗指"山水诗"一流的作品吧。所以他最后说："四序纷回，而入兴贵闲；物色虽繁，而析辞尚简；使味飘飘而轻举，情晔晔而更新。古来辞人，异代接武，莫不参伍以相变，因革以为功，物色尽而情有余者，晓会通也。"这种"情""景"会通的道理，犹如事类之"表里发挥"，然后文章始不至于像李谔说的"连篇累牍，不出月露之形；积案盈箱，唯是风云之状"。或如陈子昂所讥为"采丽竞繁而兴寄都绝"了。

（八）《指瑕》

　　《指瑕》与《总术》二篇都没有对这题目作特别的定义，可知这两篇是综合的讨论，抑或是分别讨论之后对前面枝节的问题加以概括的结案。现在我们就把它连在一起分析。不过，依照这两篇现有的内容，《指瑕》篇提出的仍是属于章句上的问题，并非针对整篇文章的含义或价值方面指明其缺失，而只是造语用字上的一些瑕疵，因此，以《指瑕》篇当作"阅声字"这一组的完结篇，较有意义。至于《总术》篇，在其篇中既未列举出什么"术"，亦即可以了解这是总括自摛神性，图风势，包会通，阅声字等小组内各篇所提出法术，甚至于由论文叙笔诸篇所开示的要点亦包含在内而统谓之"术"；换言之，《总术》篇又当是他讨论文章作法的总结语，因此，他把《总术》篇列于下卷二十篇之最后。自此以下五篇，如《时序》《才略》《知音》《程器》等篇，都只是文章作品以外的问题，可称"余论"；而《序志》篇又只是说明著作此书的职志，这是可以一目了然的。

《指瑕》篇是从文章作法的反面提出字句中的种种毛病以提供给写作者的参考。正面的讨论，说的是文章应该如何制作，反面则说的是文章不可以如此写法；正反两面的意见，可谓相反相成。虽然这里指摘都只是章句上的小问题，但《章句》篇已经明言："篇之彪炳，章无疵也；章之明靡，句无玷也；句之清英，字不妄也。"依此而言，可以推见本篇虽只在小处着眼，而关系整篇文章的好坏却很重大。尤其是他以为一篇文章，黑字落于白纸，容易流传久远，偶或不慎，一句差舛，且将贻笑千年。所以他在开篇即郑重地表示：

管仲有言："无翼而飞者声也，无根而固者情也。"然则声不假翼，其飞甚易；情不待根，其固匪难；以之垂文，可不慎欤！古来文才，异世争驱：或逸才以爽迅，或精思以纤密，而虑动难圆，鲜无瑕病。陈思之文，群才之俊也，而武帝诔云："尊灵永蛰"；明帝颂云："圣体浮轻"；浮轻，有似于蝴蝶；永蛰，颇疑于昆虫；施之尊极，岂其当乎！左思七讽，说孝而不从，反道若斯，余不足观矣。潘岳为才，善于哀文，然悲内兄则云"感口泽"，伤弱子则云"心如疑"。礼文在尊极，而施之下流，辞虽足哀，义斯替矣。若夫君子拟人，必于其伦，而崔瑗之诔李公，比行于黄虞；向秀之赋嵇生，方罪于李斯；与其失也，虽宁僭无滥，然高厚之诗，不类甚矣。凡巧言易标，拙辞难隐，斯言之玷，实深白圭，繁例难载，故略举四条。

这四条都是用词不当的毛病，而且都是出于大作家之手。曹植诔他的父亲魏武帝写下"幽闼一扃，尊灵永蛰"。蛰是虫伏土中，用以形容曹操已盖棺入土，事固相符，然入土者是他的父亲而不是虫，如此用字，便欠考虑了。他又写一篇献袜与魏明帝的颂，说是穿了这袜，履和蹈贞，可以"翱翔万域，圣体浮轻"。浮轻二字，夸张过度，便把皇帝比如蝴蝶了。自余，大作家如左思，因其七讽之文不传于今，难知究竟；至于素以写哀诔之文出名的潘岳，竟亦用"口泽""如疑"等语来表示他对杨氏内兄以及爱子的哀思，亦是极不适当的。唯是他用"口泽"的哀文，今已不见；颜之推《颜氏家训·文章》篇曾揭发其《悼亡赋》使用"手泽"二字，是把妻子视同父亲。因为《礼记·玉藻》篇载有"父没而不能读父书，手泽存焉尔；母没而杯圈不能饮焉，口泽之气存焉尔。"然则用"口泽"为词，又以内兄比母亲了。不唯如是，他写的《金鹿哀辞》，竟说到"捐子中野，遵我归路，将返如疑，回首长顾。"《礼记·檀弓上》篇载有"孔子在卫，有送葬者，孔子观之，曰：善哉为丧乎！可以为法矣。其往也，如慕；其反也，如疑。"如疑是指那孝思甚深，已葬了父母犹希望那不是真的。如此用语，岂不转成孝子的心意？此外，崔瑗之《诔李公》，其文不传，但以李公比作黄帝虞舜，显是夸张过当；而向秀的《思旧赋》写着"昔李斯之受罪兮，叹黄犬而长吟；悼嵇生之永辞兮，顾日影而弹琴。"虽然李斯与嵇康同是受刑而死，但二人在一般的评价上截然不同，向秀既是感念旧友而作赋，怎好把嵇康与李斯之死相提并论？这都是比拟不得其伦之例。其次，他又说：

　　若夫立文之道，惟字与义。字以训正，义以理宣，而晋末篇章，依稀其旨，始有"赏"际奇至之言，终有"抚"叩即酬之语，每单举一字，指以为情。夫"赏"训"锡赉"，岂关心解，"抚"训"执握"，何预情理？雅颂未闻，汉魏莫用，悬领似如可辨，课文了不成义。斯实情讹之所变，文浇之致弊。而宋来才英，未之或改，旧染成俗，非一朝也。近代辞人，率多猜忌，至乃此语求蚩，反音取瑕，虽不屑于古，而有择于今焉。又，制同他文，

204

理宜删革，若掠人美辞，以为己力，宝玉大弓，终非其有。全写则揭箧，傍采则探囊，然世远者太轻，时同者为尤矣。

这一段指出造语含糊，使用独具别解的字面；以及本是平常语意，特用反切的方法使原来的语意全改；又或生吞活剥他人的语句来装饰自己的文章等弊病。造语含糊，由于用字不够稳妥，但晋人却喜欢说这样模棱的话语。如《晋书·阮瞻传》载：王戎问孔子立说的意旨究竟与老子庄子是同是异，而阮瞻则答以"将无同"。王戎听到这"将无同"之后，咨嗟良久，立即延聘阮瞻做他的职员。无同，就是相异，将无同，则又似有所相同。这样非肯定的表示，答如不答，然亦可以领会其依稀之旨。这种风气之成长，或因人们听腻了常式的谈话，总觉得常语乏味，处处要作深一层的表示，所以语意反而不若常语那样分明了。在这同一风气之下，而人们对于字词亦往往作特别的解悟，依《文心雕龙》作者所知道的，"赏"字本来是指述上对下"赐赉"的行为；"抚"字本来是表示"执握"的意思。前者如《月令》之"赏诸侯"，后者如《九歌》之"抚长剑"，但当时人却以"赏"为"欣赏""玩赏"，如沈约写《谢灵运传》论之"讽高历赏"；萧子显《南齐书文学传》论之"赏玩为理"；陶渊明诗之"奇文共欣赏"，钟嵘《诗品序》之"俊赏之士"，等等，都变作"内心解悟"的意思。而"抚"字之转用如陆机演连珠之"抚臆论心"，傅季友修张良庙教之"抚事弥深"，都变成与情理有关的了。这样单就一二字来欣赏，同时亦即在文章的一二字上钻求其评价的理由，因此字字都受到猜疑与顾忌。当时如何猜忌的情况，不见说明，但《颜氏家训·文章》篇有言："蔡邕《杨秉碑》云：统大麓之重；潘尼《赠卢景宣诗》云：九五思飞龙；孙楚《王骠骑诔》云：奄忽登遐；陆机《父诔》云：亿兆宅心，敦叙百揆；今为此言，则朝廷之罪人也。"因其中"统大麓""九五飞龙""登遐""亿兆宅心，敦叙百揆"等都只有皇帝始得用的字面。此种犯忌的字面，后来订成了文章之忌讳病，到了唐人竟说是"此病或犯，虽有周公之才，不足观矣"。（见《文镜秘府论·西卷》）其实这毛病，亦只是为夸大其词，以致比拟不得其伦而已，但因关联到专制的帝王头上，便成可怕的忌讳了。要说比语求疵，在这夸大的比喻中挑毛病，刘勰自己却亦是个能手，如同前文所指的"瑕"。至于他说的"反音取瑕"，那亦是当时流行的"反切语"作怪。《文镜秘府论·西卷》，列有反语病一条，说是"正言是佳词，反语则深累，是也。如鲍明远诗云：鸡鸣关吏起，伐鼓早通晨。伐鼓，正言是佳词，反语则不祥。"因为伐鼓二字反切是"腐"字，鼓伐二字反切是"骨"，所以伐鼓犹言"腐骨"，便是"瑕"了。这记载虽见于唐时的抄录，但《颜氏家训·文章》篇已有"伐鼓渊渊"之诮，可信其为刘勰时代传来的遗说。此外，他提到文章上抄袭之事，或许这亦为当时较严重的现象。《北史·魏收传》云：邢劭、魏收，文名并著，然二人彼此相轻，魏收常指摘邢劭文章之瑕，而邢劭说："江南任昉，文体生疏，魏收非直模仿，亦大偷窃。收闻之乃

206

曰：伊常于沈约集中作贼，何意道我偷任。"这是为着北国文士剽窃南国文士的文章，其中多少含有国誉存在，所以彼此互揭疮疤，如果同是南国之人，其剽窃情形，其中又有"揭箧"与"探囊"之不同；探囊还不过是扒手偷取一二惬意的语句，而揭箧则是抢劫别人的文章。然而古往今来，好语无多，而文人递相祖述之处，可谓无时无之，所以他认为抄袭之事，"世远者太轻，时同者为尤"，亦即偷用古人言语，有如《事类》篇所说的，那不是严重问题；而严重的乃在窃取同时人的文章来冒充自己的作品，便要受到讥评了。

《指瑕》篇最后还提到批注错误的毛病。严格说来，注释古书，是以阐明事理为职责，批注错误，反使事理失正不明，这大半是关于批注家的知识，非直接由于写作能力的问题。有许多批注家文辞爽利，但写下来的却是一大堆与原文无关的废话，这只能算是"治学"的指瑕，并不即是文章的毛病，或因他在《事类》篇说过"文章由学"，所以连带亦提及治学的问题了。

（九）结语——《总术》

《总术》篇从辨识各种文章而进言制作文章的诀窍，这诀窍便是所谓"术"。因此篇中极力宣扬"术"的重要性。他说：

> 凡精虑造文；各竞新丽，多欲练辞，莫肯研术。落落之玉，

或乱乎石；碌碌之石，时似乎玉。精者要约，匮者亦鲜；博者该瞻，芜者亦繁；辩者昭晰，浅者亦露；奥者复隐，诡者亦曲。或义华而声悴，或理拙而文泽。知夫调钟未易，张琴实难。伶人告和，不必尽"宫""楸"之中；动用挥扇，何必穷"初""终"之韵。魏文比篇章于音乐，盖有征矣。夫不截盘根，无以验利器；不剖文奥，无以辨通才。才之能通，必资晓术，自非圆鉴区域，大判条例，岂能控引情源，制胜文苑哉！

这里特别详释其所谓"术"。首先他认为文章价值之高下是不容易评定，有如一块块石头与美玉，时相混淆，写得十分精要的文章与那说不出多少意见的文章是同样简短的；写得十分详备的文章与那东拉西扯叨絮不休的文章是同样繁缛的；说得透彻的文章有时好像开门见山的浅见，而寓意深刻的文章有时亦与故弄玄虚的文章同其曲折；有许多含义甚佳而说的却不够中听，亦有许多思想幼稚但却写得文采灿然。这真像调理钟律安装琴弦一样，如何才是合调，其中微妙得很。不过有资格的乐人自能找到适度的和声与旋律的起讫。曹丕《典论·论文》云："文以气为主，气之清浊有体，不可力强而致，譬之音乐，曲度虽均，节奏同检，至于引气不齐，巧拙有素。"其微妙处似无法可求，然而有法，乃在作者之"自得"。刘勰这几句话虽引的是曹丕论文，其实是暗袭陆机《文赋》的一段话。《文赋》云："若夫丰约之裁，俯仰之形，因宜适变，曲有微情：或言拙而喻巧，或理朴而辞轻，或袭故而弥新，或沿浊而更清，或览之而必察，或研之而后精；譬犹舞者赴节以投袂，歌者应弦而遗声；是盖轮扁所不得言，亦非华说之所能明。"像这样自律性的"术"，近乎是运用之妙，在乎一"心"，这个"心"应该就是个人的"经验"。他以为这种经验之取得，当从基本做起，所以要剖析到文章之底蕴，把握其原理原则，这才懂得什么是"术"了。因此通才晓术，"自非圆鉴区域，大判条例"不可。然而什么是圆鉴区域，大判条例？那便是他在《序志》篇说的论文叙笔，囿别区分，原始表末，以至剖情析采，笼圈条贯等功夫，而这许多功夫亦即《文心雕龙》自《明诗》篇迄于《指瑕》篇所提出的许多经验之谈。以上，他把所谓"术"的含义交代清楚之后，接着又说：

　　是以执术驭篇，似善奕之穷数；弃术任心，如博塞之邀遇。故博塞之文，借巧倘来，虽前驱有功，而后援难继；少既无以相接，多亦不知所删，乃多少之并惑，何妍媸之能制乎！若夫善奕之文，则术有恒数，按部整伍，以待情会；因时顺机，动不失正。数逢其极，机入其巧，则义味腾跃而生，辞气丛杂而至，视之则锦绘，听之则丝簧，味之则甘腴，佩之则芬芳。断章之功，于斯盛矣。夫骥足虽骏，纆牵忌长，以万分一累，且废千里；况文体多术，共相弥纶，一物携贰，莫不解体。所以列在一篇，备总情变，譬三十之辐，共成一毂，虽未足观，亦鄙夫之见也。

这里以博弈二事比喻操术作文。博塞，塞，说文作"簺"，说是用棋子相塞，故有此称。《后汉书·梁冀传》，注引鲍宏博经曰"簺有四采：塞、白、乘、五，是也。至五，则格不得行，故谓之格五。"此种局戏虽不传于今，但以本篇所谓"博塞邀遇"之言推之，邀遇便是赌"偶然"的运气，所以"弃术任心"，那种"心"便亦是偶然的神来之笔，而不是自己有把握的写作方法。所以说"博塞之文，借巧倘来，虽前驱有功而后援难继。"亦即凑巧遇到一点好意见，多写少写都无把握，既欠"镕裁"之功，亦不知"附会"之术，自亦不能写得很好。如果懂得做文章的种种原理原则，就像有经验的棋士，通晓全局路数，随宜攻守，且能因势乘便，创出奇招。其于文章，则随理路之推衍，处处在剥开问题的症结，不仅情趣婉转相生而辞气亦络绎奔凑。这样经营章句，自然是有声有色，既可回味无穷，亦且百读不厌了。这就是说：有了足够的才学，还须有必备的写作经验。他引用《战国策》记载的一个譬喻，说古代著名的马师造父的弟子告诉另一名马师王良的弟子说，你有千里马，但是你的拉马索太长，恐怕达不到日行千里的成效。像这样万事俱备，欠其一端亦会连累到成功的希望，何况文章，撇开作家的才学与修养不谈，单从"神思"至于"练字"，其中就有许多法则互相配合，失其一端，或则义华而声悴，或则文泽而理拙，便都不能算是完美的表现。最后，他为《总术》篇作赞曰：

文场笔苑，有术有门，务先大体，鉴必穷源。乘一总万，举要治繁，思无定契，理有恒存。

这样肯定写作文章之有"术"的存在，自然是为着以上二十篇有关文与笔的写作之"术"作解释。因为他曾承认作家"各师成心，其异如面"。又说"华实异用，惟才所安"。在这纷错多变化的文场笔苑，要勾勒出怎样死板的"术"，实在是万分艰巨的事。虽然他把握着"务先大体，鉴必穷源"的办法，要从十代文学作品中提炼一些可以"乘一总万"的理则，但仍不能保证这就是文术的全貌，唯一能给他一点信心的，那就是"思无定契，理有恒存"两句话，亦即尽管人们的思想如风云之变幻，但是第一，那种变幻的思想到了称得是一种思想时，必然有它的理路在；到了这理路表现于语言文字，又必然要受语言文字的法则的支配。因此，从小处看，文章很难说是有一定的法术，要说法术，那即在每一篇文章里面。不过，从大处着眼，文章若无共通之术，那便是语言文字的效用早已死灭不存在了。

　　最后，综观《文心雕龙》全书，从《原道》篇开始而终于《总术》篇，既畅论"文心"之道，亦讲解"雕龙"之术，他虽谦言"言不尽意，圣人所难；识在瓶管，何能矩矱"。但从其用心结构其篇章看来，已是前无古人了。《总术》以下五篇，是其"余论"，另为分述于后。

第三章　余论

一、《时序》《才略》《知音》《程器》，四篇相互的关系

　　《文心雕龙》殿后的五篇是:《时序》《才略》《知音》《程器》《序志》。据作者在《序志》篇里写下的自我说明是:"崇替于时序，褒贬于才略，怊怅于知音，耿介于程器，长怀序志，以驭群篇。"显然，《序志》篇只是表述他自己为什么要写这"群篇"的动机与目的，以及如何编写这"群篇"的计划;最后并声明:单篇文章较易于诠叙，但对于一大群的篇章要综合成有系统的意见，说起来便很困难。因此他所表示的"有同乎旧谈者，非雷同也，势自不可异也;有异乎前论者，非苟异也，理自不可同也"。亦即融会了前人的意见与自己独特的见解而写成此书。看他这样的表述，主要的是为《文心雕龙》这本书作说明，而非直接讨论文章。自余，《时序》篇说的是文章发展的历史，以"崇""替"为其观察对象。《才略》篇是对历代作家的成就作总体的批评，故

以"褒""贬"为其言说的中心;《知音》篇是寄望于读者,希望他们对于文章能有正确的认识,故称"怊怅"于知音。《程器》篇论文人的才具应有兼善独善的抱负,耿介就是坚持这样的操守。倘若按照这四篇的论点,实际与"文心"以及"雕龙"之术,都没有直接的关系,可视为《文心雕龙》一书之"余论"部分。其中,《时序》与《才略》二篇,又是表里相资,《时序》篇就时代来论文章及其作者,《才略》篇则从作者来看时代,故其内容是相互补足的。今先说这两篇。

二、从时代观点叙文章的演进

《时序》篇全文不过两千字左右,却叙自上古迄于宋齐时代。他赞之曰:"辉映十代,辞采九变",不但是扼要地陈述了十个朝代一共数千年的文学历史,而且对于重要的作家,典范性的作品亦一并提及。虽其间用语颇有夸饰过实,但可贵的是,他没有漏略文学的时代背景与促起文章嬗变的事实。这样写法,就不仅有其文学的眼光,还具备有史学的知识。亦即《时序》篇不但列举重要的文学史迹,其中更深涵有进步的见解:而说是"文变染乎世情,兴废系乎时序",可谓读文学史的不刊之论。如此寥寥短章,包涵这样多的层面,是否可称为一字千金,固当别论,但他确是做到了"辨物正言""辞尚体要"的地步。现在录其原文,

213

并略为译解于后：

　　时运交移，质文代变；古今情理，如可言乎！

　　昔在陶唐，德盛化钧，野老吐"何力"之谈；郊童含"不识"之歌。有虞继作，政阜民暇，"熏风"诗于元后，"烂云"歌于列臣。尽其美者何？乃心乐而声泰也。至大禹敷土，"九序"咏功；成汤圣敬，"猗欤"作颂。逮姬文之德盛，《周南》勤而不怨；大王之化淳，《邠风》乐而不淫。幽厉昏而《板》《荡》怒，平王微而《黍离》哀。故知歌谣文理，与世推移，风动于上而波震于下者也。春秋以后，角战英雄，六经泥蟠，百家飙骇，方是时也，韩魏力政，燕赵任权；五蠹六虱，严于秦令。唯齐楚两国，颇有文学：齐开庄衢之第，楚广兰台之宫，孟轲宾馆，荀卿宰邑，故稷下扇其清风，兰陵郁其茂俗；邹子以"谈天"飞誉，驺奭以"雕龙"驰响；屈平联藻于日月，宋玉交彩于风云。观其艳说，则笼罩雅颂，故知炜烨之奇意，出乎"纵""横"之诡俗也。

　　"时运交移，质文代变"八字，是他披览十代文章得到的总印象。他认为原始生活质朴，人们有余力来改善生活而促进文明；到了文明益进，又渐感到力有不足，于是又重新须要提倡质朴；这样文质代变的事实，亦直接反映在抒写生活情状的文章上。《时序》篇即依据这样的"情理"来叙述自"古"至于他那时的"今"之文变。

他说唐尧时代，人人平等，个个老实，所以传下了一首《击壤》之歌曰："日出而作，日入而息，凿井而饮，耕田而食，尧何等力！"（此据《论衡·艺增》篇）而《列子·仲尼》篇还记载有"尧微服游于康衢，闻儿童之谣曰：立我蒸民，莫匪尔极。不识不知，顺帝之则。"那是说大家有了公平的生活准则，可以不知不识的依着准则生活下去。这样大好的时光，至虞舜还继续着，大家生活富足，故传下了舜之《南风》之诗曰："南风之熏兮，可以解吾民之愠兮！《南风》之时兮，可以阜吾民之财兮！"及《卿云》之歌，说是"卿云烂兮，糺漫漫兮！日月光华，旦复旦兮！"这样诗歌的内容，都表示着生活无忧无虑，充满着快乐。到了大禹整理国土，施行九项建设，成功之后，传说亦有歌辞。又如今存《诗经》里的《商颂》，有"猗与！那与！"以及"长发"之诗曰："帝命不违，至于汤齐。汤降不迟，圣敬日跻。"云云，则是商朝的人颂美祖先成汤的。至于周之文王，盛德足以感化南国，所以《诗经·周南》里有一首《汝坟》之诗曰："未见君子，惄如朝饥""既见君子，不我遐弃"。从前说诗的人都认为汝坟的妇人受到良好的教化，心里只有热情与感激。《诗经》的《豳风》，据郑玄说是周公居东都思念祖先在那地方经营的辛劳而作，其中《东山》之诗四章，描写战士还乡，男女及时行乐，仍循淳朴的传统而不过分。但到了幽王、厉王时代，主昏政弛，就有了《板》之诗、《荡》之诗、被收载于《大雅·荡之什》，这是讽刺厉王与哀伤周朝的纪律败坏的表现；再降至外敌入侵，平王被迫东迁，而旧日的宫殿荒废成为耕地，于是有《黍离》之诗，辑在《王风》里。这样看来，从快乐的歌吟进到悲愁的声调，可见"歌谣文理"与时代环境的关系是十分密切的。更坏的，到了春秋时代以后，原先的诸侯国失去了控制，于是各逞英雄，正统的学说丢在泥淖里，而游士们便竞以异说乘风作浪，这时候韩魏二国唯取强兵之术，燕赵二国则特重权谋之计，西方的强秦，厉行刑禁，以学者、辩士、游侠、说客与商人为国之五蠹；以农地不辟，货不通流，守官不法而衍生之岁、食、美、好、志、行等恶果为六虱，分见于商鞅韩非之书；其中唯齐楚二国，稍有文学，例如齐王建大厦于康庄之衢，以招待列大夫；楚国亦拓建兰台宫接纳能文之士。于是齐国稷下有孟轲的宾馆，楚国兰陵是荀卿的宰邑，两地风气大开，人才辈出：诸如邹衍能言天地剖判以来五德转移之运，驺奭又采取其遗说雕镂以为文，齐人为之颂曰："谈天衍""雕龙奭"。至于楚国，屈原的《离骚》，在汉世即被誉为"可与日月争光"之作，其后辈宋玉所赋大风、朝云，造语富艳，后人争相仿效其辞采，使其艳说几乎掩盖了一部《诗经》。然而细按那些夸张出奇的表现，即可体会到那正是反映战国时代巧辩纵横的反常风气。这是上古期的一段文学演变史。接着，他又说：

爰至有汉，运接燔书，高祖尚武，戏儒简学，虽礼律草创，诗书未遑，然《大风》《鸿鹄》之歌，亦天纵之英作也。施及孝惠，迄于文景，经术颇兴，而辞人勿用。贾谊抑而邹枚沉，亦可

知已。逮孝武崇儒，润色鸿业，礼乐争辉，辞藻竞骛：柏梁展朝
讌之诗，金堤制恤民之咏，征枚乘以蒲轮，申主父以鼎食，擢公
孙之对策，叹倪宽之拟奏；买臣负薪而衣锦，相如涤器而被绣；
于是史迁寿王之徒，严、终、枚皋之属，应对固无方，篇章亦不
匮，遗风余采，莫与比盛。越昭及宣，实继武绩，驰骋石渠，暇
豫文会，集雕篆之轶材，发绮縠之高喻；于是王褒之伦，底禄待
诏。自元暨成，降意图籍，美玉屑之谈，清金马之路，子云锐思
于千首，子政雠校于六艺，亦已美矣。爰自汉室，迄于成哀，虽
世渐百龄，辞人九变，而大抵所归，祖述楚辞，灵均余影，于是
乎在。

这一段总述西汉的文学发展：他以为汉代的文学承接在秦始皇焚
书之后，而汉高祖本是靠打仗起家，既不讲究读书甚至常把读书
人的方帽子当溺器。开国之初，叔孙通抄袭秦始皇的礼仪，为汉
王制作一套做皇帝的排场，他很惬意，而对于诗书学问，仍谈不
上，不过他生平亦传下《大风歌》《鸿鹄歌》，那可说是出于天性
的自然表现。继之自孝惠帝至文帝景帝，相当于公元前 194 年至
前 141 年，这一段五十多年间，稍有经学博士的设置，然而能文
之士终不被重用。这只要以贾谊、邹阳、枚乘等作家之抑居下僚，
托足于侯王门馆的情形，便见分晓。要说到振兴文学，还待好大
喜功的汉武帝。他受到文臣的怂恿，建立国学，置博士弟子员，
使其经营的国度增添了文化的气氛。因此制礼作乐，在这气氛之

下，文辞的应用便日益普遍了。他曾在柏梁殿欢宴群臣，各赋诗章；又因黄河泛滥，兴筑瓠子金堤而写了《瓠子歌》以记载其为民谋福之意；此外对文士的招揽，例如：以蒲草捆扎车轮以免沿途颠踬而从老远地方把枚乘请来；赐给主父偃高度的物质享受；公孙弘写了一篇对策便擢以高第，倪宽偶为张汤起草奏书，亦大受赏识；卖柴的朱买臣以文才而官拜太守，卖酒的司马相如以辞赋而官至中郎将；自余司马迁、吾丘寿王、严安、终军、枚皋等人（以上诸人，汉书各有传），虽其受重视的原因不尽相同，但他们的篇章都相当繁富，流传下来的文采，再没有比那时更盛的了。再经过昭帝到了宣帝，循着汉武帝的途轨，既有石渠阁的群儒大会，而万机之余亦邀同诸文士品题宫馆，而且说"辞赋大者，与古诗同义；小者辩丽可喜，譬如女工之有绮縠"；所以当时的作家如王褒之流，都得以谏大夫的俸禄供奉左右。降及元帝成帝，更专意于搜集图书，珍视奇章秀句而清扫接待文人的金马门通道。当时扬雄曾谓能读千赋始善于为文，而刘向更校雠六艺遗文，纂制《别录》，可说是美盛之至。溯自汉高祖建国，迄于成帝哀帝之时，相当公元前 200 年至公元元年，这两百年间，文章的变化虽然很大，但综其大体，仍是沿着《楚辞》的系统，始终是笼罩在屈原一伙作家的影子里。接着他又说：

自哀平陵替，光武中兴，深怀图谶，颇略文华，然杜笃献诔以免刑，班彪参奏以补令，虽非旁求，亦不遗弃。及明章叠耀，崇爱儒术，肄礼璧堂，讲文虎观，孟坚珥笔于国史，贾逵给札于瑞颂，东平擅其懿文，沛王振其通论，帝则藩仪，辉光相照矣。自和安已下，迄至顺桓，则有班傅三崔，王马张蔡，磊落鸿儒，才不时乏，而文章之选，存而不论。然中兴之后，群才稍改前辙，华实所附，斟酌经辞，盖历政讲聚，故渐靡儒风者也。降及灵帝，时好辞制，造羲皇之书，开鸿都之赋，而乐松之徒，招集浅陋，故杨赐号为"驩兜"，蔡邕比之"俳优"，其余风遗文，盖蔑如也。

这一段叙自西汉末年至东汉末年，约当公元前6年至公元188年，近两百年的文学演变。他以为西汉到了哀帝平帝时，王莽的势力日益壮大而终于篡夺了刘家天子的政权，并因此招致一场纷乱。后来刘秀起兵，打着刘家后嗣的旗号，结束了战乱而继续刘氏的统治，称为"光武中兴"。这位光武帝，虽然对于前世流传的图谶兴趣远甚于文学，但当时适有开国勋臣吴汉之丧，杜笃在狱中献上一篇诔文，光武帝非常欣赏，特赐免刑（杜诔残文见《全后汉文》卷二八）；同时，班彪为窦融拟制奏书，光武帝知道了亦特予召见，给以县令的职位。这显是他虽没有提倡文学，但对文章亦很能欣赏。到了明帝章帝相继嗣位，他们都尊崇儒学，喜爱文士，而且亲自参与璧雍明堂讲习礼仪，又在白虎观召开经学会议；一面使班固纂修国史，供贾逵纸笔撰写神雀颂。此外，东平王刘苍专意礼乐的研究，沛献王刘辅又撰写了五经通论，在这前后三十年间，皇帝以身作则，而藩王亦展示其仪型，累叶叠耀，辉光相照。接着从和帝安帝，迄于顺帝桓帝，前后将近八十年，这时期除了班固、傅毅、崔骃、崔瑗、崔寔之外，还有王充、马融、张衡、蔡邕等博学工文之士，可谓人才辈出，而其著名的篇章，可就不在话下了。不过，自光武中兴以后，这些作家的文章与西汉效法楚辞的门路稍有不同，他们之舒华布实，多数是酌用经典，这亦许是为着迭次讨论经典，而作家亦在不知不觉中染上儒家的风教了。降至灵帝，他自己就爱好写作，写曾过《羲皇篇》五十章，同时招引能为文赋之人供奉于鸿都门，而主持其事的乐松贾护跟着引进一伙趋炎附势的无行文人，猎取街头巷尾的小话来讨取皇帝的欢喜，所以光禄大夫杨赐把这伙人比作上古的恶人"驩兜"，而蔡邕奏事中亦把他们看作卖艺的俳优；其余风遗文，亦即没什么可提的了。

不过，刘勰的这点看法，当据其征圣宗经的观点说的，倘以公正的眼光加以衡量，自古文人不护细行，所以要说谁是无行文人，据他在《程器》篇的叙述即可判断。既然大作家亦多无行，似不宜专用于鸿都门的一伙小子身上，而且他们"喜陈方俗闾里小事"，在古代应属稗官小说，在今更是真实的当时社会史料；甚至他们的作风曾否带给魏晋以下文学的影响，今因资料不存，难以评议，然后来文体的演变，如他自己所承认的陈琳潘岳皆引俗说以为文（见《书记》篇），必非无因而至的现象。今疏释此文，特为辨正数语如上。至于建安时代及魏世的文学，他继续说：

自献帝播迁，文学蓬转，建安之末，区宇方辑。魏武以相王之尊，雅爱诗章，文帝以副君之重，妙善辞赋，陈思以公子之豪，下笔琳琅；并体貌英逸，故俊才云蒸。仲宣委质于汉南，孔璋归命于河北，伟长从宦于青土，公幹徇质于海隅，德琏综其斐然之思，元瑜展其翩翩之乐，文蔚休伯之俦，子叔德祖之侣，傲雅觞豆之前，雍容衽席之上，洒笔以成酣歌，和墨以藉谈笑。观其时文，雅好慷慨，良由世积乱离，风衰俗怨，并志深而笔长，故梗概而多气也。至明帝纂戎，制诗度曲，征篇章之士，置崇文之观，何刘群才，迭相照耀。少主相仍，唯高贵英雅，顾盼合章，动言成论。于时"正始"余风，篇体轻淡，而嵇阮应缪，并驰文路矣。

　　这一段叙自汉献帝迄于曹魏之亡，前后不及七十年，正是公元第二第三世纪之交，而"建安""正始"是文学史上很响亮的年号，都包括于此时。他说：自从汉献帝被董卓挟持得团团转，而文学之士亦跟着纷散漂流；直至建安之末，曹操打倒了董卓袁绍公孙瓒，北方的局面稍得统一。曹操以丞相自进位为魏王，他本人即爱好乐府歌诗，其子曹丕既取得魏王世子的名位，于弄枪使棒之外还写得一手好文章；尤其是他的弟弟，陈思王曹植，词采华茂，粲溢古今，更难得的是，他们懂得优待各地有名的才俊，因此他们身边多的是好作家。例如王粲（仲宣）从荆南来投靠，陈琳（孔璋）从河北来输诚，徐幹（伟长）从青州来受职，刘桢（公幹）从东平来做官。曹丕称赞应玚（德琏）"常斐然有述作之意"，称阮瑀（元瑜）"书记翩翩致足乐也"。此外如路粹（文蔚）、繁钦（休伯）、邯郸淳（子叔）、杨修（德祖）一班文士，亦都大模大样地参与文酒高会，酒酣耳热则仰而赋诗，恣意谈笑。总观他们当时的作品，大抵辞气慷慨，这可能是由于汉末的变乱太多，社会生活痛苦，因而反映于他们的文章上，感触既深而抒写的亦骨鲠而有风力。到了魏明帝继位，他亦爱好作诗度曲，还设置崇文观，招集写文章的人士，像刘劭、何晏等人，跟着光耀一时。魏明帝之后，接连的都是年少的皇帝，其中唯高贵乡公最为出色，不特举动文雅，而随便谈话都似一篇论文之可圈可点。不过此时沿着齐王曹芳"正始"时代的风气，没有什么浓艳的文章，如同阮籍、嵇康、缪袭等人的作品，都代表着这时期的文坛。

这是三国鼎立时期，而叙述的是偏于北方的情形，到了司马炎篡魏，先后又把蜀、吴二国收入版图，成为西晋，他说：

逮晋宣始基，景文克构，并迹沉儒雅而深务方术。至武帝惟新，承平受命，而胶序篇章，弗简皇虑。降及愍、怀，缀旒而已。然晋虽不文，人才实盛：茂先摇笔而散珠，太冲动墨而横锦；岳湛曜联璧之华，机云标二俊之采，应傅三张之徒；孙挚成公之属；并结藻清英，流韵绮靡。前史以为运涉季世，人未尽才，诚哉斯谈，可为叹息！

元皇中兴，披文建学：刘刁礼吏而宠荣，景纯文敏而优擢。逮明帝秉哲，雅好文会，升储御极，孳孳讲艺，练情于诰策，振采于辞赋；庾以笔才逾亲，温以文思益厚，揄扬风流，亦彼时之汉武也。及成康促龄，穆哀短祚；简文勃兴，渊乎清峻，微言精理，亟满玄席，淡思浓采，时洒文囿。至孝武不嗣，安恭已矣。其文史则有袁殷之曹，孙干之辈；虽才或浅深，珪璋足用。自中朝贵玄，江左称盛，因谈余气，流成文体，是以世极迍邅，而辞意夷泰，诗必柱下之旨归，赋乃漆园之义疏，故知文变染乎世情，兴废系乎时序，原始以要终，虽百世可知也。

这两段分述西晋至东晋，约自公元265至419年，一共一百五十多年的文学概况。他以为晋朝的根基是开始自司马懿（后来追尊为宣帝）及其儿子司马师（追尊为景帝）司马昭（追尊为文帝）两代人的不断努力，但这些人都没有工夫顾及儒雅，只忙着施使诈术攫夺政权。到了司马昭的儿子司马炎干脆把曹魏的朝代改用他父亲的封号为"晋"（那是不流血的政权移转，故曰"承平受命"）而做了晋武帝。但是新政权之建立未稳，内外交争，不但没有余力来建设文化事业，而且从他父子短短三十年的政治，所谓"八王之争"就占去一半岁月，引起边疆胡人的轻视，所以到了怀帝愍帝，先后都被胡人掳去，断送了半壁江山。史家称这"西晋"时期，实际仅有半个世纪。不过这半个世纪北方的政治虽甚纷乱，而从那时流传下来的文学作品看来，确实出了一些作家，像张华（茂先）的作品务为妍冶；左思（太冲）的作品写得精切；潘岳夏侯湛亦算是一对金妆玉琢的作家，而陆机陆云两兄弟，张华早就誉之为江东二俊。此外如应贞、傅玄、张载、张协、张亢，以及孙楚、挚虞、成公绥一伙人，亦皆流传下一些造语清秀，情韵绮靡的篇章。史家以为那是他们恰好生在那倒霉的半个世纪，不能尽量发挥才华，这近乎事实的说法，值得人们叹气的！

正当胡人的铁骑闯进中原，司马睿镇守江南，受到北方逃来的士大夫拥戴，立为晋元帝，因而他的建国规模，重视文治。当时的士大夫如刘隗、刁协，因其熟悉传统的礼法而受到尊崇，郭璞（景纯）亦因文笔敏捷得为著作佐郎。到了明帝，他既秉性聪颖而又爱好结纳文士，从其为太子以迄登位，都不停地讲究经书，既精熟于公文书，而诗赋亦有可观的文采。因而庾亮以擅长表奏益见亲密，温峤以工于笔记更受重视，像他这样崇尚风流，亦可谓当时的汉武帝了。接下是成帝康帝，二人都享年短促；继之为穆帝哀帝，二人亦在位不久，倒是继起的简文帝，虽亦为时短暂，且非治国之才，但他神识深沉，妙善清言，谈玄说理，充溢讲席；而淡思浓采，亦时有佳篇。降至孝武帝，已到了司马氏运祚衰微的时候，后补的安帝恭帝，前者是个白痴，后者是刘裕猎取的对象，这些都只算作晋代告终的回光返照而已。那时的文史人才，如袁宏（彦伯）、殷仲文、孙盛（安国）、干宝（令升）等，他们撰文编史，不论其才学或浅或深，仍还是有用之才。总观晋代，自西晋王衍之流，崇尚玄谈，逃到江南之后，北风益盛，因清言的风气，特别形成一种与现实脱节的文章，所以世事愈是浊乱而他们的语意却愈超脱，作诗必以老子的宗旨为依归，作赋则无异于《庄子》一书的批注。由此看来，正可得到两则定律，其一是文学随着世情之演变而演变，其一是文学随着时代而有新兴的亦有消逝的。依这定律，往后探视，虽时历百世，可以预知。

唯是晋代之后，他虽叙至南齐为止，然与他的时代愈近而所述的亦愈简略。他说：

> 自宋武爱文，文帝彬雅，秉文之德；孝武多才，英采云构。自明帝以下，文理替矣。尔其缙绅之林，霞蔚而飙起：王袁联宗以龙章，颜谢重叶以凤采；何范张沈之徒，亦不可胜数也。盖闻之于世，故略举大较。

> 暨皇齐驭宝，运集休明，太祖以圣武膺箓，世祖以睿文纂业，文帝以贰离含章，高宗以上哲兴运，并文明自天，缉熙景祚。今圣历方兴，文思光被，海岳降神，才英秀发，驭飞龙于天衢，驾骐骥于万里，经典礼章，跨周轹汉，唐虞之文，其鼎盛乎！鸿风懿采，短笔敢陈，飏言赞时，请寄明哲。

这两段分言刘宋、萧齐两代之文，自宋武帝刘裕爱文，至宋文帝刘义隆彬彬儒雅，他以为都是具有文学天性的人。到了孝武帝刘骏，更是多才多艺，有许多出色的作品，自明帝刘彧以后，还有后废帝顺帝二君，不过那又是灯烛的末光了。其实自刘裕篡弑起家，至顺帝刘准将皇位移交萧道成为止，前后不过享国五十八年，中间骨肉相残，实无什么文德可言，倒是士大夫方面，出了几个文学巨擘，尤其是姓王、姓谢的两家族，自晋室渡江以来就一直为保持中原传统文化的重镇。族大人多，当然文学人才辈出。其于宋世，如王弘、王徽、王微、王僧达、王韵之等，与袁氏之袁淑、袁粲、袁顗、袁伯文等，既有地位又有文名。而颜氏自颜延之外有颜竣、颜测；谢氏自谢灵运之外有谢惠连、谢瞻、谢庄等亦皆累世能文；自余何尚之、范晔、张畅、沈庆之之流，人数更是不少。因其闻名于世，这里仅说其大略。到了大齐嗣统，正是交运的时代；太祖萧道成以其武功受命，世祖萧赜以其才智继承大业；文帝（即文惠太子死后追尊的名号）萧长懋以太子的身份而富有文章，高宗萧鸾亦以深谋远虑登上天子宝座，这都是天开文明特赐齐代以光明的国运。到了现在新的皇历正在开始，文运普及，"海岳降神，才英秀发，驭飞龙于天衢，驾骐骥于万里，经典礼章，跨周轹汉，唐虞之文，其鼎盛乎"！

按：这小段，清人刘毓崧据之以考定《文心雕龙》写成的年代是南齐和帝登位，年号永兴之年，相当公元 501 年。但是，刘勰写宋齐二代文学，不仅苟简，且多与史实不合，虽然他是宅心仁厚，为当时的暴君恶主隐恶扬善，使用许多好字面在他们脸上贴金，这算是为"君父讳"，情有可原；然而最后把齐和帝，写成"才英秀发"又说他经典礼章，"跨周轹汉"，不免是睁着眼睛对后代读者说瞎话了。倘把这一阶段的史料来复按，那和帝萧宝融只是梁武帝萧衍所利用的小傀儡，他被萧衍派人弄死的时候才

226

不过十五岁，而且他登位的地点是在荆州，这皇帝始终没有踏进京城一步，如何能有驭龙于天衢？而刘勰自己是在首都定林寺，那和帝仅从荆州进发到姑熟即被废、被杀，刘勰看到这样的"经典礼章"而说是"跨周轹汉"，倘不是意存反讽，那就显见他所称颂的不是那位孩皇帝，而是萧衍。如果这里所谓"今圣历方兴"以及"海岳降神"等，都指的是萧衍，则于理可通，因刘勰自齐入梁，即起家奉朝请，他在梁朝活了一二十年，还做了官，即使《文心雕龙》是写成于齐代，但这几句话必然是入梁之后写的。因此所谓今之"圣历方兴"应指的是梁武帝天监元年或二年。不然，这些语句按在萧宝融头上，他做了鬼亦要受宠若惊的。这是较为切实的判断，所以应把《文心雕龙》写成的年代置于梁初。

三、作家的造化与时代环境的关系

从前纪昀评《文心雕龙》有言："《时序》篇总论其势，《才略》篇各论其人。"他所谓"势"者，是指文学发展的趋势；"论其人"者，是品评各时代的作家。这话固然不错，不过各时代的重要作家，在《时序》篇里十之八九都已提到，所欠只是他们的代表作。要说到代表作，其中有"文"有"笔"，在《文心雕龙》的前半部，已用二十篇的文章来分别论文叙笔，当然其中即有许多代表作品。因此《才略》篇的内容，不特与《时序》篇说的多有重复，同时在前半部论文叙笔诸篇中亦常可看到；倘就此书的全体看来，这《才略》篇却像是余论中的余论。尤其是那最后几句话：

> 观夫后汉才林，可参西京；晋世文苑，足俪邺都；然而魏时话言，必以"元封"为称首；宋来美谈，亦以"建安"为口实；何也？岂非崇文之盛世，招才之嘉会哉！嗟夫，此古人所以贵乎"时"也！

由于这"贵乎时也"的感叹，可以了解作者添写这《才略》篇不仅止于"论人"，而是要强调那文学"兴替于时序"的用意。换言之，《才略》篇是写来替《时序》篇作见证，所以材料虽有些重复，而其用意却是两样。"元封"（公元前110至前105）是汉武帝使用的 个年号，实即代表汉武帝之建学官，招文士，造成汉代文学隆盛的基础。"建安"是汉献帝的年号之一，但他所指的当是曹操父子注意文学再度促进了文学进展的契机，所以他以"邺都"（曹操的根据地）点题。这种由于王侯贵族的倡导，各个时代都出现过相同的事实，一代跟踪着一代，凡是有这事实出现的时候，总是文学又一度蓬勃的时候。这一点给予刘勰的印象很深刻，因而不觉在《时序》《才略》二篇中说了又说，仿佛是表示他殷切期望着那样时光之再度降临。反观其《诸子》篇云"嗟夫，身与时舛，志共道申"之言，与《程器》篇"是以君

228

子藏器，待时而动"等语，前后在字里行间表示其对"时势"的渴望，因疑其对"圣历方兴"的梁武帝时代，寄有无限的热情与期望。

《时序》篇叙自唐、虞、夏、商、周、汉、魏、晋、宋、齐，所以赞云"蔚映十代"；但是《才略》篇所叙，仅及晋、宋而止。故本篇开端则云："九代之文，富矣盛矣。"其中已省去萧齐一代。至于品评作家，实际又只至东晋而止，而于刘宋一代，则仅以"世近易明，无劳甄序"八字轻轻带过。如果复查《时序》篇全文，他叙完东晋的文学，即以"故知文变染乎世情，兴废系乎时序，原始要终，虽百世可知也"作为结束。至于说到宋齐二代，但见矫饰虚辞，言之无物。倘以此比核，不仅可知其《时序》篇实亦仅叙至晋代为止；而于宋齐二代文章亦因"世近易明无劳甄序"的缘故而敷衍了事。因为宋齐短世，遗老都还活着，尤其是他所尊敬的沈约，就是从宋文帝时代活到他著书的时候，何况他自己亦还是宋齐的遗民呢！

因此《才略》篇所褒贬的人物，自唐虞直数下来，只有八代。八代之中，自春秋战国以前，除屈原宋玉之外，其他高文典册，作者之志既不在于为"文"，有如昭明太子《文选序》所说的"虽传之简牍，而事异篇章"，所以《才略》篇第一段提到的，这里不再复述，但述其作品评自汉至于晋代的作家，约共七十五人。今依原文叙次，条列于下并略附注解。

汉室陆贾，首发奇采，赋《孟春》而撰《新语》，其辩之富矣。

贾谊才颖，陵轶飞兔，义惬而赋清，岂虚至哉！

枚乘之七发，邹阳之上书，膏润于笔，气形于言矣。

仲舒（董仲舒）专儒，子长纯史，而丽缛成文，亦诗人之告哀焉。

相如好书，师范屈宋，洞入夸艳，致名辞宗。然核取精意，理不胜辞，故扬子以为"文丽用寡者长卿"，诚哉是言也。

王褒构采，以密巧为致，附声测貌，泠然可观。

子云属意，辞义最深，观其涯度幽远，搜选诡丽，而竭才以钻思，故能理赡而辞坚矣。

桓谭著论，富伴猗顿，宋弘称荐，爱比相如，而《集灵》诸赋，偏浅无才，故知长于讽谕，不及丽文也。

敬通（冯衍）雅好辞说，而坎壈盛世，《显志》《自序》，亦蚌病成珠矣。

二班两刘，奕叶继采，旧说以为固文优彪，歆学精向，然《王命》清辩，《新序》该练，璩璧产于昆冈，亦难得而逾本矣。

傅毅崔骃，光采比肩，瑗寔踵武，能世厥风者矣。

杜笃贾逵，亦有声于文，迹其为才也，崔傅之末也。

李尤赋铭，志慕鸿裁，而才力沉膇，垂翼不飞。

马融鸿儒，思洽识高，吐纳经范，华实相扶。

王逸博识有功，而绚采无力；延寿继志，瑰颖独标，其善图物写貌，岂枚乘之遗术欤！

张衡通赡，蔡邕精雅，文史彬彬，隔世相望。是则竹柏异心而同贞，金玉殊质而皆宝也。

刘陶（诸本作向，误）之奏议，旨切而调缓；赵壹之辞赋，意繁而体疏。

孔融气盛于为笔，祢衡思锐于为文，有偏美焉。

潘勖凭经以骋才，故绝群于锡命；王朗发愤以托志，亦致美于序铭。

然自卿（司马相如，字长卿）渊（王褒，字子渊）以前，多役才而不课学；（扬）雄（刘）向以后，颇引书以助文，此取与之大际，其分不可乱者也。

以上列举前后汉三十二人，而略言其作品之优劣，其间虽或从比较而得者，然仍以其直观之评鉴为多。故其评语但可意会而难以诠释，今仅附注作家及其作品于下。

陆贾传见《史记》卷九十七，从汉高祖定天下，尝撰《新语》二十篇。此处通行本作《选典诰》，孙诒让《札迻》卷十二校订为《进典语》；按"选"与"进"字形不相近，而《练字》篇有"相如撰篇"之语，似当作"撰新语"。《诸子》篇云"陆贾新语"，正指此书，今传世者犹如是。《汉书·艺文志》诗赋类载"陆贾赋三篇"，《孟春赋》当在内，而今不传。

贾谊传见《史记》卷八十四。飞兔，古骏马之名，喻贾谊才性敏捷。

枚乘、邹阳，并见《汉书》卷五十一。枚乘七发八首今存于《昭明文选》卷三十四；邹阳《上书吴王》及《狱中上书》，并见同书卷三十九。

董仲舒、司马迁（子长）二传分见《汉书》卷五十七上及卷六十二。董仲舒有《士不遇赋》，司马迁有《悲士不遇赋》，分见《全汉文》卷二十三、卷二十六。告哀，谓其抒发悲愤，语出《诗经·小雅·四月》之诗。

《王褒传》见《汉书》卷六十四下。泠然，称其轻妙之状。

《扬雄传》见《汉书》卷八十七上下，重要作品并载其中。扬雄多识奇字，所著《太玄经》尤艰奥。

《桓谭传》见《后汉书》卷五十八上。桓谭字君山，所著《新论》不传于今。王充《论衡》极称之，谓"挟君山之书，富于积猗顿之财。"猗顿传见《史记》卷一二九，制盐起家，富比王者。桓谭《集灵赋》及《新论》残文，今辑见《全后汉文》卷十二至卷十五。

冯衍字敬通，其本传见《桓谭传》后。不得意于光武之朝，复以交通外戚得罪，坐废于家，其《显志赋》见《全后汉文》卷二十。

二班，班彪、班固父子；二刘，刘向、刘歆父子，故称"奕叶继采"。班彪《王命论》见《文选》卷五十二，刘向《新序》一书今存。

《傅毅传》见《后汉书》卷一一〇上，崔骃及其子崔瑗，孙崔寔，并见同书卷八二。作品见《全后汉文》卷四十五。

《杜笃传》见《后汉书》卷一一〇上，《逯贾传》见同书卷六六。

《李尤传》与杜笃、傅毅同卷，其赋铭辑存《全后汉文》卷五十。沉腿，犹言臃肿。

《马融传》见《后汉书》卷九十上，作品辑存《全后汉文》卷十八。

《张衡传》见《后汉书》卷八十九，《蔡邕传》见同书卷九十。张衡卒于后汉顺帝四年（124），蔡邕生于顺帝阳嘉二年（133），故云"隔世相望"。

《刘陶传》见《后汉书》卷八十七。灵帝中平二年（185）疏陈要急八事，范史节略其原文为"大较言天下大乱，皆由宦官"，遂为宦官所害。按范史节略其文，疑即因其旨切调缓之故。

《赵壹传》见《后汉书》卷一一〇下，遗文见《全后汉文》卷八十二。

《孔融传》见《后汉书》卷一百及《三国志·魏志》十二。《祢衡传》见《后汉书》卷一一〇下，其《鹦鹉赋》见载于《文选》卷十三。

潘勖见《三国志·魏志》卷二十一注引挚虞《文章志》，其《魏王九锡文》载于文选卷三十五。《王朗传》见《三国志·魏志》卷十三。

以上诸家作品，他以为司马相如（长卿）王褒（子渊）以前，亦即汉武帝宣帝时代以前的作家，多半运用他们的才识来写作，而没有引经据典；到了扬雄刘向以下，始渐借助于书本的材料来写作了。这是照应《时序》篇所谓"中兴之后，群才稍改前辙，华实所附，斟酌经辞"的意思。但他认为这种作风的转变，是应该分辨清楚的。接着叙到魏晋的才人，说：

　　魏文之才，洋洋清绮，旧谈抑之，谓去植千里。然子建思捷而才儁，诗丽而表逸；子桓虑详而力缓；故不竞于先鸣；而乐府清越，《典论》辩要，迭用短长，亦无懵焉。但俗情抑扬，雷同一响，遂令文帝以位尊减才，思王以势窘益价，未为笃论也。

　　仲宣溢才，捷而能密，文多兼善，辞少瑕累，摘其诗赋，则七子之冠冕乎！

　　琳瑀以符檄擅声，徐幹以赋论标美，刘桢情高以会采，应玚学优以得文，路粹杨修，颇怀笔记之工，丁仪邯郸，亦含论述之美，有足算焉。

　　刘劭《赵都》，能攀于前修；何晏《景福》，克光于后进；休琏风情，则《百壹》标其志；吉甫文理，则《临丹》成其采；嵇康师心以遣论，阮籍使气以命诗，殊声而合响，异翮而同飞。

　　张华短章，奕奕清畅，其《鹪鹩》寓意，即韩非之《说难》也。左思奇才，业深覃思，尽锐于《三都》，拔萃于《咏史》，无遗力矣。

　　潘岳敏给，辞自和畅，钟美于《西征》，贾余于哀诔，非自

234

外也。

陆机才欲窥深，辞务索广，故思能入巧，而不制繁。士龙朗练，以识检乱，故能布采鲜净，敏于短篇。

孙楚缀思，每直置以疏通；挚虞述怀，必循规以温雅，其品藻流别，有条理焉。

傅玄篇章，义多规镜；长虞笔奏，世执刚中；并桢幹之实才，非群华之韡萼也。

成公子安，选赋而时美；夏侯孝若，具体而皆微；曹摅清靡于长篇，季鹰辨切于短韵，各其善也。

孟阳景阳，才绮而相埒，可谓鲁卫之政，兄弟之文也。刘琨雅壮而多风；卢谌情发而理昭，亦遇之于时也。

景纯艳逸，足冠中兴，郊赋既穆穆以大观，仙诗亦飘飘而凌云矣。

庾元规之表奏，靡密以娴畅；温太真之笔记，循理而清通；亦笔端之良工也。

孙盛干宝，文胜为史，准的所拟，志乎典训；户牖虽异，而笔彩略同。

袁宏发轸以高骧，故卓出而多偏；孙绰规旋以矩步，故伦序而寡状；殷仲文之孤兴，谢叔源之闲情；并解散辞体，缥渺浮音，虽滔滔风流，而大浇文意矣。

以上叙自汉末建安时代迄于东晋，列举四十三人。魏文帝曹丕

235

（子桓）、陈思王曹植（子建），《三国志》各有纪传;《王粲传》见《三国志·魏志》卷廿一，并附述陈琳、阮瑀、徐幹、刘桢、应玚、路粹、杨修、丁仪、邯郸淳，以及刘劭。曹丕《典论·论文》，以孔融、王粲、陈琳、阮瑀、徐幹、刘桢、应玚为"七子"，七子并卒于建安时代，应算是东汉人，但以其与曹家的关系密切，亦皆载入《三国志》了。刘劭的《赵都赋》残文见于《全三国文》卷三十二；何晏《景福殿赋》见《文选》卷十一。应璩（休琏）《百一诗》，《文选》载其一首，《汉魏百三名家诗集》辑录八首。其子应贞，字吉甫，已入《晋书·文苑传》，其《临丹赋》辑见《全晋文》卷三十五。唯嵇康、阮籍，并卒于魏景元（261至263）之世，嵇康造论多篇，以《声无哀乐论》最为清谈家之话题，流及东晋，言之者不辍；而阮籍之《咏怀》诗，《文选》卷二十三录其十七首，丁福保《全三国诗》卷五，辑八十二首。

自张华以下，俱为晋代作家，《张华传》见《晋书》卷三十六，其《鹪鹩赋》载于《文选》卷十三，托喻小鸟，谓"言浅可以托深"，故以《韩非子》的《说难》篇相比。

《左思传》见《晋书》卷九十二《文苑传》，《三都赋》载于《文选》卷四至卷六，分为蜀都、吴都、魏都三首，传说他构思十年始成三赋，故称"业深覃思"。其《咏史》诗，《文选》卷二十一亦载有八首。

《潘岳传》见《晋书》卷五十五，其《西征赋》载于《文选》卷十。潘岳擅长哀诔之文，《文选》卷五十六、五十七录其四首。

陆机、陆云（士龙），传见《晋书》卷五十四。二人遗文遗诗，南宋人为之辑存《陆士衡文集》十卷、《陆士龙集》十卷。

《孙楚传》见《晋书》卷五十六，《挚虞传》见《晋书》卷五十一。挚虞著有文章流别志及论，今已不传，《全晋文》卷七十七辑其若干条。

傅玄及其子傅咸（长虞）传并见《晋书》卷四十七。其遗文见《全晋文》卷五十至卷五十一。

成公绥（子安）见《晋书》卷九十二《文苑传》；夏侯湛（孝若）见《晋书》卷五十五。曹摅传见《晋书》卷九十，张翰（季鹰）亦见《晋书·文苑传》。

张载（孟阳）张协（景阳）传见《晋书》卷五十五，其遗文辑入《全晋文》卷八十五，遗诗见《全晋诗》卷四。

《刘琨传》见《晋书》卷六十二，卢谌见同书卷四十四《卢钦传》后。二人之诗见录于《全晋诗》卷五，遗文分见《全晋文》卷三十四、卷一〇八。

《郭璞（景纯）传》见《晋书》卷七十二，其《南郊赋》残文辑在《全晋文》卷一二〇；《游仙诗》，《文选》卷二十一录有七首。

《庾亮（元规）传》见《晋书》卷七十三，《温峤（太真）传》见同书卷六十七；其遗文分辑于《全晋文》卷三十六及卷八十。

孙盛、干宝，二人传并见《晋书》卷八十二，孙盛著《魏氏春秋》《晋阳秋》等书；干宝亦有《晋纪》，又有《搜神记》之作，人称之为《鬼董狐》，此谓"文胜为史"，犹用此意。除《搜神记》外，二人所为之史，今皆不传，《文选》卷四十九仅录《晋纪总论》一首。

《袁宏传》见《晋书·文苑传》，孙绰则附见于同书《孙楚传》后。袁宏遗文辑于《全晋文》卷五十七，孙绰文见同书卷六十一、卷六十二。

《殷仲文传》见《晋书》卷九十九，列在叛逆传内。此处所谓"孤兴"或指其跟从桓玄造反，后来虽得不死，而重见大司马府的老槐树而感叹曰："此树婆娑，无复生意。"及至富阳，又叹称"看此山川形势，当复出一伯符（孙策）。"而终为刘裕所杀。

谢混（叔源）小字益寿，传见《晋书》卷七十九。其人美丰仪，《南史》卷十九《谢晦传》称其为"江左风华第一"。家住乌衣巷，少所接纳，唯与诸侄为文酒会，号"乌衣之游"。此谓"闲情"，或即指此。然"孤兴""闲情"，二人悉遭诛死，而晋朝亦告终了。

四、对于读者作者的期望

《文心雕龙》最后一篇《序志》，算是全书的序文；把序文置于全书之后，是仿照古人著书的旧例。《序志》篇前，亦即第四十八《知音》，第四十九《程器》，这两篇应是余论部分的最后二篇，按其述说的大旨，《知音》篇是关于读者的问题，《程器》篇则属于作者的问题。他用"怊怅于知音"五字提示其撰写的用意。然而为什么"怊怅"呢？《知音》篇开头说："知音其难哉！音实难知，知实难逢，逢其知音，千载其一乎！"这就是他所以要怊怅于知音的缘故，所以要立意分析"音实难知"的原因以及如何使读者进入知音之轨道。后面一段常被后人看作刘勰的"鉴赏论"。其实，他这鉴赏论仅是为着解决知音的问题而试拟的办法，要说他真正的鉴赏论，应从他的"论文叙笔"中探索其鉴赏态度以及批评标准，若单靠这一段话，是不够清楚的。

其次是《程器》篇，他同样亦用"耿介于程器"五字来提示其立意，亦即由于他视文章为一种有用之"器"，凡握有此器的作家，应认清其功能而坚守其职责。因此，他先从正反两面列举历代作家的缺失与正当的业绩作为类例，然后伸展其对于作家才器的期望，他认为作家既是社会上的高级知识分子，必须具有济世拯人的热诚，即使在现实生活中有所周折，然而顺利时，必有"兼善天下"的行为表现；不顺利时，亦须尽其所能，而以文章垂为不朽的教训。关于他在撰写《文心雕龙》时，而有这种想法，是否怀着"问世"的念头，这可存而不论，但《程器》篇不但像王充一样大为文士张目，而同时亦给予作家以适当的鼓励则是显明的。所以，《知音》与《程器》二篇，一对读者，一对作者，各有所瞩望，而把这热情的瞩望殿于余论之末以结束全书，这在结构上亦可说是很圆备的设计。现在即就这两篇原文，分别择要为之申述。

(一)《知音》

《知音》篇一开头即感叹文章之受人赏识是一宗极其难得的事。揆其原因：一半虽系于文章本身之好坏，但另一半却关系于读者。读者除了没有欣赏文章的眼力可以不算外，就算有欣赏力的读者，往往亦受着种种观念的影响，因而迷乱了真正的视力。那种种观念，最常见的略如"贵古贱今""崇己抑人""信伪迷真"以及"预存成见""各有偏好"，等等，皆足以造成欣赏上的迷雾。他在感叹之余，即接着举例说：

古来知音，多贱同而思古，所谓"日进前而不御，遥闻声而相思"也。昔《储说》始出，《子虚》初成，秦皇汉武，恨不同时；既同时矣，则韩囚而马轻，岂不明鉴"同时"之贱哉！至于班固傅毅，文在伯仲，而固嗤毅云："下笔不能自休。"及陈思论才，亦深排孔璋；敬礼请润色，叹以为美谈；季绪好诋诃，方之于田巴；意亦见矣。故魏文称"文人相轻"，非虚谈也。至如君卿唇舌，而谬欲论文，乃称"史迁著书，诮东方朔"，于是桓谭之徒，相顾嗤笑。彼实博徒，轻言负诮；况乎文士，可妄谈哉！故鉴照通明，而贵古贱今者，二主是也；才实鸿懿，而崇己抑人者，班曹是也；学不逮文，而信伪迷真者，楼护是也。

夫麟凤与麏雉悬绝，珠玉与砾石超殊，白日垂其照，青眸写

240

其形，然鲁臣以麟为麇，楚人以雉为凤，魏民以夜光为怪石，宋客以燕砾为宝珠，形器易征，谬乃若是；文情难鉴，谁曰易分。夫篇章杂沓，质文交加，知多偏好，人莫圆该；慷慨者逆声而击节，酝藉者见密而高蹈，浮慧者观绮而跃心，爱奇者闻诡而惊听；会己则嗟讽，异我则沮弃，各执一隅之解，欲拟万端之变，所谓"东向而望，不见西墙"也。

第一段用《史记·韩非列传》所载秦始皇看到韩非所写的《孤愤》《五蠹》等篇，即叹美曰："嗟乎！寡人得见此人与之游，死不恨矣。"因即攻韩，得到韩非，后来竟用药把他毒死。其次是《汉书·司马相如列传》所载，汉武帝读到相如的《子虚赋》亦大赞赏，说："朕独不得与此人同时哉！"到了引见相如之后，仍不过给他一个小官衔。这两例中，因流传的《韩非子》一书有《内外储说》的篇名，这里用"储说"二字代表韩非的文章，但韩非是被李斯嫉妒而致死，未必即与文章有关，此处举例，意谓韩非倘是古人，则其文章将永被嘉许。其取司马相如之例，亦是如此，都是用作"贵古贱今"观念作祟的例证。至于班固傅毅以及曹植等例，前者见载于曹丕《典论·论文》，意思是说"文人相轻，自古而然"，傅毅与班固的文章本是半斤八两不相上下，但班固却写信给班超批评傅毅做了兰台令史便踌躇满志，下笔不能自休。而曹植写给杨修的信，既批评陈琳不懂作赋偏自夸说能与司马相如一样；又批评刘季绪文才不及作者，偏要乱下批评；前者是画虎不成反为狗，而后者却似战国时代的田巴，但逞口辩，后来遇到鲁仲连的反诘即复哑口无言。（曹丕《论文》，曹植《与杨德祖书》，并见《文选》卷五十二、卷四十二）楼护见《汉书》卷九十二《游侠传》，他只是个侯门清客，既非学者亦不是作家，所说司马迁写《史记》时曾请教于东方朔的事，见于《史记·孝武本纪》司马贞索隐引《桓谭新论》，说是"太史公造书成，示东方朔，朔为平定，因署其下"。《桓谭新论》不传于今，刘勰所见楼护之说，当有所据。以上数例，都出于作家之"崇己抑人"的观念，造成"文人相轻"的现象，看自己的文章总是好的，看别人的文章，再好亦有毛病，因而孰好孰坏便没有标准了。至于楼护之例，那只是信口雌黄，然亦能以讹传讹，造成不正确的评价。

此外，由于因袭的错误观念与浮泛的时髦观念，有时亦影响及于文章的欣赏，这种毛病，多是无理可谕的，然而世上却常有这样的事实。他列举了鲁国人把孔子所见的麒麟认作有角的麏，宋国人把野雉视为凤凰以献给国王，魏国的乡下人拾得宝玉以为是怪石把它抛弃，相反的宋国的人捡到燕山的石块却当作宝贝似的藏起来。（以上诸事分见《春秋公羊传·哀公十四年》，《伊文子·大道编下》，《太平御览》卷八七二石部引《阙子》）这样识力的差别，形成价值观念的不同，或与其人的知识程度有关，但是，亦有知识程度本即相等而评价的标准独有很大的歧异，有的喜欢听高亢激昂的调子，有的喜欢看委婉细致的描述，有的为着缠绵悱恻的句子而动心，有的却被怪诞奇突的说话所吸引。所谓"慊意"与否，本为读者的事，而读者的意向既各分歧，往往仅凭个人主观的意向评价文章的优劣，难免有许多错误的判断发生。不过这样的错误多半不出在审辨的对象而是出于审辨者没有对准那些该分析的要点。因此他接着提出纠正的意见说：

凡操千曲而后晓声，观千剑而后识器；故圆照之象，务先博观。阅乔岳以形培楼，酌沧波以喻畎浍，无私于轻重，不偏于爱憎，然后能平理若衡，照辞如镜矣。是以将阅文情，先标六观：一观"位体"，二观"置辞"，三观"通变"，四观"奇正"，五观"事义"，六观"宫商"。斯术既形，则优劣见矣。

他首先揭出"经验"的重要。这里引用桓谭的话说：他喜欢写文章又喜爱兵器，曾经分别请教于扬雄、王君大。扬雄告诉他："能读千赋则善赋"；王君大亦告诉他："能观千剑则晓剑"。正如俗语所谓"伏习象神，巧者不过习者之门"。（见《全后汉文》卷十五引《意林》）其实，熟能生巧，亦即"技巧"出于"熟练"的意思，不仅写作之人有待熟练，即读者亦须通晓"行情"。俗话"货问三家不吃亏"便是当为识货的起码条件，亦是读者欣赏力之基本训练。至于审辨文章，他认为六个要点必须注意：第一是看它所要表现的与所采取文辞体裁是否很恰合。因为文体是包括作家写这文章的目的及其个性的表现，他在《论文》《叙笔》诸篇已说明了为什么要写这样的文章，在《体性》篇又说明了不同的作家写的文章有着不同个性，如果二者都显示得明白，就是"位体"很恰当。如或在严肃的论题下大谈风月；向已死者的棺前大讲笑话，这就不得其体了。第二是措辞问题，造语用字，或繁或简、或重或轻，或用排偶或用散词，剪除骈枝，防止复出，这在《练字》《丽辞》《镕裁》等篇都已讨论，可为鉴赏的参考。第三是通变问题，因为古来文章，愈积愈多，可用的语言可能都被前人用过，因此应付日常事体的文章，不免陈陈相因，但是作家每为热情挚意或某种真知灼见所驱迫而作文，因而如何运用古语熟词以构造其新意，如《通变》篇所讨论的，要有人人首肯的新鲜语意，但又不是人人不懂的陌生语言。第四是文辞的构造可以不循固定的形式，然而语意的脉络必然要一气相衔，这才是用奇而不失正，如其《定势》篇所陈述的一些情形。好文章看来似断而实续，坏文章虽似处处是奇峰突起，其实是支离破碎。第五是直说不清，或直言不信，乃有譬喻与类例的应用。然而譬喻所取者只是两种事义之间"可能"的相似，而类例的引用则须二者之间"必然"的相同。因为譬喻只是形容词之放大，而类例却是所指述者的重要见证。所以《文心雕龙》分设《比兴》《事类》二篇，必须分晓二者之用意，然后始能判断"事义"的根据。第六是声律问题。有韵之文，多为吟诵而作，讲究声律是其文体使然；但是无韵之笔，应如平常口语，如果多是吃口的聒噪之音，亦将使人闻而生厌，何况文章是一种非对面的说话，许多语意，亦借助于音律以表示其昂奋或低沉的情调。这种助力，虽非绝对的重要，然而炳炳烺烺的巨文又有音韵铿锵的效果，与那不讲宫商者比而观之，自然要高出一层。

不过他提出了这些要点之后，还说到读者方面经常发生的事实。尤其是在那时代最钦佩人们能"一目十行"的读书法，并以"读书数行俱下"为聪明人的形容词。然而表现深刻的文辞，必然有其语意的层次，如果粗心大意地阅读，所得到的往往只是皮毛的意思，这样浅尝辄止的方法，靠自己想象的地方为多，但其所想象的未必即是文章中的奥旨。这作为读者之自求满足则可，但不能算是公平的评断，如同"读书不求甚解"的人，那只是借书消遣而非真正想知道书中还带与他以一些什么。此外，连自我想象能力都缺乏的人，则由他所辨识的文章内容，就更有限了。因此，他说：

夫缀文者情动而辞发，观文者披文以入情，沿波讨源，虽幽必显。世远莫见其面，觇文辄见其心。岂成篇之足深，患识照之自浅耳。夫志在山水，琴表其情，况形之笔端，理将焉匿。故心之照理，譬目之照形，目瞭则形无不分，心敏则理无不达。然俗鉴之迷者，深废浅售，此庄周所以笑《折杨》，宋玉所以伤《白雪》也。

夫唯识深鉴奥，必欢然内怿，譬春台之熙众人，乐饵之止过客。盖闻兰为国香，服媚弥芬；书亦国华，玩泽方美。知音君子，其垂意焉。

这里先据一般的推理：作家既是寄其情意于文辞，则读者可凭那文辞而了解作家的情意，因而作家与读者虽相隔千年，而当时的情意仍可展览于目前。这就常理推论，自然是"虽幽必显"的。然而问题乃在于文辞有表层的含义，那就像字面上的解释；但文字是个死板的东西，各个作家使用死板的文字传达他活泼的情意，必然须使那文字有着举一反三的功用，于是就借以构造字面下层的意义。这种隐于下层的意义，因章句的累积，还可以一层深入一层，如果读者不加以深思，则其所得不过是一些浮浅的材料，而于作家的情意终是隔阂的。《庄子·天地》篇说：伟大的音乐，俗人听不懂，但听到《折杨柳》等小调，却乐得嘻嘻哈哈。宋玉写一篇《对楚王问》（见《文选》卷四十五）亦提起同样的情形说："客有歌于郢中者，其始曰《下里巴人》，国中属而和者数千人；其为《阳春白雪》，国中属而和者数十人。是以曲弥高而和弥寡。"其实这问题是系于"岂成篇之足深，患识照之自浅"。如果读者能置心于作品之中而与之同情共感，自然有春日登高浏览云物欣欣向荣时的愉悦；像优美的音乐与香喷喷的食品之能勾引路人止步，亦同此理。（此语分见《老子》第二十、第三十五章）不过前一例是侧重在读者方面，而后一例乃关系列作家的作品，亦即是说，读者对于文章的欣赏固须"识深鉴奥"；而作家的作品亦须具备"乐""饵"之引诱力；所以他最后结语，说：唯有兰为王者之香，才耐人寻味；而精致作品有如国宝，要仔细把玩才看出它的好处。换言之：好作者还得有好读者，始能相得益彰；

然而好作品不常见，而读者限于种种现实的条件，亦非个个都是知音，"知音其难哉！"自然使他为之怊怅不已。

（二）《程器》

《程器》可说是《文心雕龙》不直接于论文叙笔的余论之最末一篇，所以讨论重点不在文章，而在那写文章的"人"。他肯定做个有用之人，不能没有文章的修养，但有了文章修养的人，又该如何善用他的聪明才智。尤其是他看到历史上许多有关文士的笑话之后，特别提起警觉，使他最后要探讨一下文士究竟有什么用，又该如何才算是一个有用的文士。因此《程器》篇开头即说：

周书论"士"，方之梓材，盖贵器用而兼文采也，是以朴斫成而丹雘施，垣墉立而雕杇附。近代辞人，务华弃实，故魏文以为"古今文人，类不护细行"；韦诞所评，又历诋群才。后人雷同，混之一贯，吁可悲矣！

此引《尚书·梓材》篇："若作梓材，既勤朴斫，惟有涂丹雘"之意。梓是可用以制器的木材，朴斫是把木材斫削成器物之型；丹雘是涂彩，经过这全套手续而后始得成"器"，因此士之可贵，本即兼有器用与文采。唯是他觉得后来文士都偏向文采方面发展，变成专业的文人，除了咬文嚼字以外，却是一窍不通。因而注重现实的社会，便受到人们另眼看待，甚至于受到种种不好的批评。譬如魏文帝曹丕《论文》，即直说古今文人，多不重视自己"行为"；而韦诞竟然还指名数说王粲、繁钦、阮瑀、陈琳、路粹等人的缺点（原文见《三国志·魏志》卷二十一《王粲传》"陈留路粹"注引《典略》之语）。于是后来的人便跟着乱说，使得汉代以来的大作家自司马相如以下都冒有酒、色、财、气方面的恶名。然而他们睁着一只眼睛只看到文士的毛病，但其中文章盖世而又以忠孝流芳的人，难道就找不到？因此他接着说："若夫屈贾之忠贞，邹枚之机觉，黄香之纯孝，徐幹之沉默，岂曰'文士'必其玷欤！"屈贾，是屈原、贾谊；二人之忠恳，世人尽知。邹枚，是邹阳、枚乘；他们的机觉是能在事前发见吴王刘濞之不轨企图。自余黄香是有名的孝子，但亦名列《后汉书·文苑传》，而徐幹有箕山之志，连曹丕亦对他称赞不绝。总之，"不护细行"既非文士特有的专业病，而且相反的，其中名德兼孚的却亦大有其人。然而事实上为什么会有这样不甚公平的评价？据《程器》篇的解说是：

盖人禀五才，修短殊用，自非上哲，难以求备。然将相以位隆特达，文士以职卑多诮。此江河所以腾涌，涓流所以寸折者也。名之抑扬，既其然矣；位之通塞，亦有以焉。盖士之登庸，以成务为用……彼扬马之徒，有文无质，所以终乎下位也。昔庾元规才华清英，勋庸有声，故文艺不称；若非台岳，则正以文才也。

这是就现实社会的风评着眼，意谓天生人才，各有偏长，会写文章的不一定都善于做官，然而做官的人，有权有势，芝麻小善亦被渲染得如同大圣大贤；文士多半屈居下僚，易遭调谑，使得他们制造的笑柄特多。如同司马相如之"窃妻受金"，算是罪过，但比之于汉高祖当年，怕还是小巫之见大巫。这种势利眼的评断，与《才略》篇说的"文帝以位尊减才，思王以势窘益价"，当然同样不能算作笃论；然而他提出把扬雄与庾亮（元规）作比较，确是才质上有其不同的偏差，庾亮不仅因写作能力而受宠，更能发挥其才智而尊居将相之位。为着这点启发，使《程器》篇归结到文士们该有周公之才之美，文武兼资，遇有机会则为国栋梁，即使于时无用，亦可以隐居立说，写文章。似乎有此一层，总要比那落寞无闻而与草根同腐之辈有用多了。看这结篇的口气，若非刘勰说来自勉自喻，亦当是对司马相如以下诸文士的一种勖勉之辞。所以他说：

　　文武之术，左右唯宜。郤縠敦书，故举为元帅，岂以好文而不练武哉！孙武兵经，辞如珠玉，岂以习武而不晓文也！是以君子藏器，待时而动，发挥事业，固宜蓄素以弸中，散采以彪外。梗楠其质，豫章其干，摛文必在纬军国，负重必在任栋梁，穷则独善以垂文，达则奉时以骋绩，若此文人，应梓材之士矣。

郤縠之事，见载于《左传·僖公二十七年》，当时晋文公建立三军，正在物色一个堪任统帅的人，赵衰进言，只有郤縠既爱好礼乐，而于诗书又有深厚的修养；因此，当下即被推为元帅。这就证见文人亦能懂得武事；再如兵家孙子，本是讲武之书，但他写来字字珠玑，更可证明懂得武事者还须要能文。文之与武，代表知识之二大类，能文的知识分子，在其实质上应该具备这样的智能，然后始当得"梓材"之选。亦唯有这样的人选，始能经文纬武，为国栋梁。无事之时，能坚持个人的操守而著书，遇到国家之征召，又能应时代需要而施展其长才。综观以上这些话语，不仅是对"文士"的要求甚严，实际亦是对"文士"之评价极高。因为这意见是出自《文心雕龙》作者的笔下，如果不是说着玩的，则不难体会到他于著书同时还带有什么样的抱负了。

五、附录

《序志》篇原文

《文心雕龙》第五十篇《序志》，篇中并引《周易·系辞传上》的话说："大衍之数五十，其用四十九。"意谓这最后一篇既非讨论文心，亦非研究雕龙之术，只是要把他著述此书取名《文心雕龙》的用意，连及写作动机目的与主要内容对读者作个清楚的交代。其性质有如司马迁《史记》的《自序》，班固《汉书》的《叙传》；倘若说得切实一点，应更似王充《论衡》的《自纪》。因为他这著作，不是史传而是论说之文。虽然在此书问世之前，已有葛洪的《抱朴子·外篇》，亦附有"自叙"，那自叙全学着王充的写法。刘勰固亦尊重王充，但他对于葛洪，似乎不怀好感，甚至在写《灭惑论》时竟指葛洪的先人为"葛玄野竖"；而且在这长长的五十篇中没有提到葛洪一字。如果这不是为了佛教、道教的信仰不同，亦许与他不提诗人陶渊明一样，在文章欣赏的态度有所差异。葛洪鄙薄经典之文，而陶渊明只写淳朴的诗，二者过与不及，便俱不中于他的意。他的《序志》篇虽亦循旧例置于全书之末，然而写来却并顾着文情与辞采，这里照录如下，藉供鉴赏：

　　夫文心者，言为文之用心也。昔涓子琴心，王孙巧心，心哉美矣，故用之焉。古来文章，以雕缛成体，岂取驺奭之群言雕龙也。

　　夫宇宙绵邈，黎献纷杂，拔萃出类，智术而已。夫肖貌天地，禀性五才，拟耳目于日月，方声气乎风雷，其超出万物，亦已灵矣。形同草木之脆，名逾金石之坚，是以君子处世，树德建言，岂好辩哉，不得已也！

　　予生七龄，乃梦彩云若锦，则攀而采之。齿在逾立，则尝夜梦执丹漆之礼器，随仲尼而南行；旦而寤，乃怡然而喜；大哉圣人之难见也，乃小子之垂梦欤？自生人而来，未有如夫子者也！敷赞圣旨，莫若注经，而马郑诸儒，弘之已精，就有深解，未足立家。唯文章之用，实经典枝条，五礼资之以成，六典因之致用。君臣所以炳焕，军国所以昭明，详其本源，莫非经典。而去圣久远，文体解散，辞人爱奇，言贵浮诡，饰羽尚画，文绣鞶帨，离本弥甚，将遂讹滥。盖周书论辞，贵乎体要，尼父陈训，恶乎异端；辞训之异，宜体于要。于是搦笔和墨，乃始论文。

詳观近代之论文者多矣：至如魏文述典，陈思序书，应玚文论，陆机文赋，仲治流别，弘范翰林，各照隅隙，鲜观衢路。或臧否当时之才，或诠品前修之文，或泛举雅俗之旨，或撮题篇章之意。魏典密而不周，陈书辩而无当，应论华而疏略，陆赋巧而碎乱，流别精而少功，翰林浅而寡要。又，君山公幹之徒，吉甫士龙之辈，泛议文意，往往间出，并未能振叶以寻根，观澜而索源，不述先哲之诰，无益后生之虑。

盖文心之作也：本乎道，师乎圣，体乎经，酌乎纬，变乎骚，文之枢纽，亦云极矣，若乃论文叙笔，则囿别区分：原始以表末，释名以章义，选文以定篇，敷理以举统；上篇以上，纲领明矣。至于剖情析采，笼圈条贯；摛神性，图风势，苞会通，阅声字，崇替于时序，褒贬于才略，怊怅于知音，耿介于程器，长怀序志，以驭群篇；下篇以下，毛目显矣。位理定名，彰乎大易之数，其为文用，四十九篇而已。

夫诠序一文为易，弥纶群言为难，虽复轻采毛发，深极骨髓，或有曲意密源，似近而远，辞所不载，亦不胜数矣。及其品列成文，有同乎旧谈者，非雷同也，势自不可异也；有异乎前论者，非苟异也，理自不可同也。同之与异，不屑古今，擘肌分理，惟务折衷。按辔文雅之场，而环络藻绘之府，亦几乎备矣。

但言不尽意，圣人所难；识在瓶管，何能矩矱！茫茫往代，既洗予闻；渺渺来世，倘尘彼观也。

赞曰：生也有涯、无涯惟知。逐物实难，凭性良易。傲岸泉石，咀嚼文义。文果载心，余心有寄。

《中国历代经典宝库》总目

第一辑

01. 论语——中国人的圣书
02. 孟子——儒者的良心
03. 大学·中庸——人性的试炼
04. 易经——卜辞看人生
05. 尚书——华夏的曙光
06. 诗经——先民的歌唱
07. 礼记——儒家的理想国
08. 左传——诸侯争盟记
09. 老子——生命的大智慧
10. 庄子——哲学的天籁

第二辑

11. 史记——历史的长城
12. 战国策——隽永的说辞
13. 资治通鉴——帝王的镜子
14. 洛阳伽蓝记——净土上的烽烟
15. 贞观政要——天可汗的时代
16. 东京梦华录——大城小调
17. 宋元学案——民族文化大觉醒
18. 明儒学案——民族文化再觉醒
19. 通典——典章制度的总汇
20. 文史通义——史笔与文心

第三辑

21. 墨子——救世的苦行者
22. 孙子兵法——不朽的战争艺术
23. 列子——御风而行的哲思
24. 荀子——人性的批判
25. 韩非子——国家的秩序
26. 盐铁论——汉代财经大辩论
27. 淮南子——神仙道家
28. 抱朴子——不死的探求
29. 世说新语——六朝异闻
30. 颜氏家训——一位父亲的叮咛

第四辑

31. 楚辞——泽畔的悲歌
32. 乐府——大地之歌
33. 文选——文学的御花园
34. 唐代诗选——大唐文化的奇葩
35. 唐宋词选——跨出诗的边疆
36. 唐宋八大家——大块文章
37. 唐代传奇——唐朝的短篇小说
38. 元人散曲——蒙元的新诗
39. 戏曲故事——看古人扮戏
40. 明清小品——性灵之声

第五辑

41. 宋明话本——听古人说书
42. 水浒传——梁山英雄榜
43. 三国演义——龙争虎斗
44. 西游记——取经的卡通
45. 封神榜——西周英雄传奇
46. 儒林外史——书生现形记
47. 红楼梦——失去的大观园
48. 聊斋志异——瓜棚下的怪谭
49. 镜花缘——镜里奇遇记
50. 老残游记——帝国的最后一瞥

第六辑

51. 山海经——神话的故乡
52. 说苑——妙语的花园
53. 神仙传——造化的钥匙
54. 高僧传——袈裟里的故事
55. 文心雕龙——古典文学的奥秘
56. 敦煌变文——石窟里的老传说
57. 六祖坛经——佛学的革命
58. 明夷待访录——忠臣孝子的悲愿
59. 闲情偶寄——艺术生活的结晶
60. 天工开物——科技的百科全书